同心若さま 流星剣

三

無敵の本所三人衆

◆

中岡潤一郎

JN034418

コスミック・時代文庫

この作品はコスミック文庫のために書下ろされました。

目次

第一話　噂　話……5
第二話　素人戯作……66
第三話　同心慕情……122
第四話　さらば、流星剣……183

第一話　噂　話

一

六月の力強い日射しが頭上から降りそそいできたとき、かすみは、自分の好きな季節が訪れたことを感じた。

空ははるか彼方まで蒼い。雲はわずかに東の空に貼りついているだけで、中天にとどまる太陽を遮《さえぎ》ることはない。影は大地に刻みこまれて、地面が割れているのではないかと思うような黒さだ。

長かった梅雨は終わり、ようやく夏の光が本所《ほんじょ》を覆い尽くす。

浮き足だったかすみは、三ツ目之橋の北詰で、ところてんを買い、竪川の水面を見ながら食べていた。喉ごしがなんとも心地よい。

声がしたのは、川を行く猪牙舟《ちょきぶね》の船頭に手を振った直後だった。

「ご機嫌なようだね。かすみちゃん」

やわらかい声に顔を向けると、年増《としま》の女が歩み寄ってくるところだった。

二十代後半だが、実際の年齢より五つは若く見える。黒の留め袖を優雅に着こなすあたりは、さすがに大店《おおだな》の女房だ。それでいて気さくな空気を漂わせているのは性分であろうか。

「おときさん、ひさしぶりですね」

「そうだね。春に、そこの小間物屋で顔を合わせたきりだったね。元気そうでなによりだよ」

「おときさんも、あいかわらずなようで。聞いてますよ、あちこちで派手にやっているって」

「さすがは、本所の地獄耳《じごくみみ》だね。かなわないよ」

おときは豪快に笑った。それはしばらく失われていた表情で、もとに戻ってくれて、かすみは嬉しかった。

おときは、老舗《しにせ》の古着屋、川田屋《かわたや》の女房で、かすみとは嫁入りの前から付き合いがあった。豪快な女性で、本所でも注目の的《まと》だった。

それが嫁いだときの行き違いで、鬱屈《うっくつ》を抱え、この数年は沈んだ表情をしていることが多かった。亭主の勝五《しょうご》ともうまくいっておらず、去年の夏には大きな騒動を起こしたほどだ。

事情を知ったかすみが間に入り、ふたりと向かいあう機会を得たことから、おときはようやく活気を取り戻し、秋口には屈託のない笑顔を浮かべて町を歩くようになった。

商いにも積極的で、ここのところ深川にみずから出向いて、女物の古着を売って歩いている。

もともと川田屋が女物に強いところに加えて、おときの気っぷのよさがはまったらしく、売れ行きは好調だ。

「商売敵としては、喜んでばかりはいられないんですけれどねえ」

「なにを言っているんだい。川崎屋《かわさきや》の女手代《おんなてだい》といえば、知らない者はいないよ。この間だって、益田屋《ますだや》の隠居から、しこたま古着を譲ってもらったくせに。あの人、着道楽で知られていたからね。さぞ、いい品が手に入っただろう」

「たまたまですよ。からかわないでくださいな」

かすみは、川崎屋という古着屋で、着物の売り買いにかかわっている。

みずから望んでのことではないが、いつの間にか手代を命じられて、本所を飛びまわっている。

最近は、街を歩いていても声をかけられる機会が多くて、戸惑うほどだ。

おときが話題に出した益田屋の隠居も、得意先をまわっている最中に声をかけられた。向こうが名乗らなかったこともあり、しばらくは単なる茶飲み友達だったが、今年の春になって隠宅を訪れると、山のような着物を見せられて驚いた。

正体を明かされたのもそのときで、それまでの無礼な振る舞いを思いだして、逃げだしたいような気分になったのを覚えている。

駆けだしの手代で、目利きもたいしたことのないかすみに、なぜ古着の扱いをまかせたのか。いまだにわからないし、当人に聞いても教えてくれなかった。

「それにしても、暑いねえ。これ、どうにかならないものかねえ」

「そうですか。あたしには、ちょうどいいですけれど」

「なにを言っているんだか。さっきから汗が止まらないってのに。化粧が崩れて困るよ」

「ああ、あたし、あまり化粧しないんで、そういうの気にならないんですよね」

おときがじっと見てきたので、かすみは身体を引いた。

「な、なんですか」

「まったく……いつまで、そんなつまらないことを言っているんだか。あんた、もとはいいんだから、きちんと顔を整えればいい女になるよ。それこそ、道を歩いている男が振り向くぐらい。もったいないったらありゃしない」

「あたし、でかいから駄目ですよ」

かすみは、並の女よりは頭ひとつ大きく、本所の街を歩いていると、ひどく目立つ。

背丈だけなら河岸《かし》の人夫といい勝負で、それが気になって、かすみは背をかがめて歩いたり、髪を低く結ったりしていた。

「それがよくないって言うんだよ」

おときは、かすみの背を叩いた。

「背がでかいなら、むしろ、それを活かさないと。ぱっと化粧して、背筋を伸ばしてしゃんと歩けば、どこぞの絵師が錦絵《にしきえ》にしてくれるよ。そうなれば、本所ばかりか、江戸中から注目される。嫁に欲しいと言ってくる男だって、いくらでも出てくるさ」

「あまり、そういうのは好きじゃなくて」

「そういうところは引っこみ思案なんだから。商いのときの思いきりのよさは、どこにいったのさ」

「すみません」

「……まあ、あんたらしくていいけれどね。なにかあったら言いなよ。いつでも力になるからさ」

「ありがとうございます」

「じゃあ、またね」

手を振り、背を向けたところで、おときは足を止めた。

「ああ、そうだ、思いだした。昨日、妙な話を聞いたんだけど、あんたたち、どうするつもりなのさ」

「どうって」

「放っておくと、店の評判にもかかわるよ」

「店って、川崎屋ですよね……なんですか、それ」

「へえ、地獄耳のあんたでも知らないことがあるんだ。こいつは驚いたね。いや、私もお客さんから聞いた話なんだけどさ」

淡々と、おときは語った。

たいして長くはない話だったが、それが終わるころには、かすみは文字どおり震えあがっていた。

二

「へえ、幽霊。それはすごいわね」

「すごくなんてありません。すごくないんです」

「えっ、いたら、おもしろいでしょう」

「いいえ。ちっとも、いなくていいです。というか。いません」

かすみは、その場で顔を覆った。かろうじて、人としての誇りを保《たも》っていたのであるが……。

「でも、何人も見かけているんでしょ。松浦《まつら》さまのお屋敷近くで。だったら、いてもおかしくないよね。しかも、それがうちで買った着物を着ているなんて、ちょっとすてきじゃない」

「あきさま……」

「いいじゃない。あたしはちょっと嬉しいな」

「やめてください」

かすみは畳に額をつけた。拝むようにして、手を前に伸ばしてすりあわせる。横に転がりそうになったが、気にしてはいられない。

しばらくうずくまって震えていると、頭上から鈴を鳴らすような声が響く。

「顔をあげてよ、かすみちゃん。それじゃあ、話ができない」

「でも……」

「平気。いまは昼だし、ここは慣れ親しんだお店でしょ。変なことにはならないわよ。あたしが請けあうから」

躊躇《ためら》いつつも顔をあげると、寝床で半身を起こした女性がかすみを見ていた。

二十代なかばだが、その表情は少女のように初々《ういうい》しい。手足は細く、肌はさながら雪を思わせるほどの白さである。

身体も細く、少し力を入れれば折れてしまいそうだった。前から痩せていたが、ここのところ、さらにひどくなっている。

あきは、川崎屋の主、善右衛門《ぜんえもん》の女房だ。

結婚してから十年近くになるが、ここ数年は身体の具合を悪くして、奥で休んでいることが多い。春先は熱を出して、かすみがつきっきりで面倒を見た。

今日も調子はいまひとつで、布団で半身を起こし、羽織を肩にかけていた。

幸いなのは、目力が強いことだ。かすみを見つめる瞳は、以前と変わらぬ輝きを放っている。

「本当に、かすみちゃんは怖い話が嫌いよね。とくに幽霊話は」

「だって、幽霊ですよ。足がないんですよ。勝手にふわふわ漂っていて、近づいたら取り憑くんですよ。なんで、怖くないんですか」

「しかたないじゃない。成仏できないんだから。未練があるなら、町の外れをうろうろしていてもおかしくないと思うな」

「なんで、そんな落ち着いているんですか。うちの着物を着た幽霊が歩いているんですよ。北本所のどこかで。大変じゃないですか」

先だっておときが語ったのは、北本所に現れる幽霊の話だった。

肥前《びぜん》六万七千石の大名、松浦家の下屋敷に近いところに空き地があり、そこに朱色の着物を身にまとった女が出没している。からかい半分に近所の職人が見にいったところ、女は彼らを近くの小川に誘い、隙を見て引きずりこもうとした。かろうじて逃げだしたが、最後に振り向いたとき、女は裂けた口を大きく開いて笑っていた。

その後も、同じ着物の娘がさまよい歩いているという噂話が飛び交い、実際に見かけた者も増えていた。

問題は女の着物で、それはかつて川崎屋が売った打掛《うちかけ》だった。

朱色の布地に鳳凰《ほうおう》の刺繍が施されており、遠くからでも人目を惹《ひ》く。

特徴的な着物だっただけに、覚えている者も多く、噂が広まるとすぐに店の名前が取り沙汰されるようになった。

「ああ、あの打掛。たしか、かすみちゃんが一昨年の着物合戦のときに仕入れたのよね。どこかの大名屋敷から流れてきた品物で、どうするのかと思っていたら、あっさり売れて驚いたわ。やっぱり見る目があるわね」

「からかわないでくださいよ。おかげで、こんなことになって。後悔しています」

「褒めているのよ。頼りになるって」

あきは笑った。優しげな表情を見ると、胸の鼓動が高まる。

「あの打掛、お武家さまが買ったはいいけれど、結局、持ちきれなくなって、どこかに売ったのよね」

「はい。去年、古着屋に処分したと聞きました。その店は今年の春に潰れてしまったので、そこから先、どうなったのかわかりません。あれだけの品物だから、市中に出ていれば噂になるはずです」

「そのあたりがはっきりしないから、川崎屋が売ったと思われているのね。それは困るかなあ」

「大迷惑ですよ。変な噂が立って」

ここのところ、大きな事件がなかったせいか、幽霊騒動は尾鰭《おひれ》がついて、本所界隈に広まっていた。

かすみが帰り道に調べると、嫁入りするはずの娘が殺され、それが打掛に縫いこまれていた怨念の仕業であり、川崎屋はそれを承知で売った……という噂も流れていた。

もっとひどい話もあったが、怖くなり、かすみは途中で聞くのをやめていた。

「そういえば、行商の古着屋さんも減っているわね。馴染みの人も顔を見せないし。話を気にしているのかしら」

「放っておけば、売り上げが大変なことになります。なんとかしないと」

「旦那さまには、その話はしたの」

「しました」

「それで、どうだった」

「笑い飛ばされました」

「あはは、そうよね。旦那さまなら、そう言うでしょうね」

善右衛門は、信心深いのに幽霊や妖怪をまったく信じておらず、噂を聞くことがあっても、見間違いと信じてはばからなかった。そんなものは存在しないから気にせず働くがいいと言って、夜道をひとりで歩くのも気にしない。

思いきった話だが、今回は悪い方向に出ているとかすみは思っていた。

「番頭さんも同じでして」

「そうね。誠仁《せいじ》さんも、信じないわね」

「あきさまはどうですか。いないと思いますか」

「わからないなあ。どっちでもいいけれど、いてくれたほうが楽しいかな。怖がるかすみちゃんを見ることができるし」

「やめてください」

「それに、万が一のことがあったとき、旦那さまと会うこともできるし」

不吉な言葉に、かすみは息を呑んだ。

あきの具合は悪くなる一方で、ちょっと風邪を引いただけでも、命にかかわる。気丈で、いつも笑顔を浮かべているからこそ、ちょっとしたひとことが重く響く。

かすみは気持ちを強く持って、あきを見た。

「なにを言っているんですか。旦那さまとは毎日顔を合わせて、縁側で話をしているじゃないですか。それは、これからも続くんです。何年も、何十年も」

万が一のときなんて来ない。善右衛門がいて、あきがいて、誠仁がいて、ほかの店の者がいる。そんな日々がずっと続く。

しばらく、あきはかすみを見ていたが、やがて小さくうなずいた。

「そうね。先のことを考えても、しかたないものね。いまをがんばらないと」

「そうです。あたしにできることがあったら、なんでも言ってください。やってやりますよ」

「だったら、噂の出所を突きとめないと」

あきは頰に指をあてた。

「このままだと、かすみちゃんの言うとおり、店の売り上げが悪くなっちゃう。お客さまも気にするだろうから、事の次第を知っておくのは大事よね」

「そ、そうですけれど、いったい、どうやって……」

「余所《よそ》の人にはまかせられない。だったら、やりかたはひとつよね」

あきは笑った。

かすみは、自分が罠にはまったことを知った。絶対に嫌だったが、逃げ道がないことはあきらかだった。

「どうしたらいいと思う」

あきに訊かれて、かすみは顔をしかめながら応じた。

「……わかりました。あたしが調べます。行って見てきますよ」

三

日が暮れると、空気が冷えて、町の熱気は嘘のように消えた。

風が吹き抜けると、季節がひとつ進んだかのような涼しさだ。

時刻は五つ半を過ぎており、あたりにひとけはない。提灯が照らすのは、かすみと風で揺れる草木だけだ。

「どうして、こんなに涼しくなるのよ」

わざわざ待っていたかのように冷えたのが嫌だった。これから赴く先のことを考えれば、鬱陶《うっとう》しいぐらいの暑さが欲しかった。

あきに言いきった手前、かすみは幽霊騒動に正面からかかわることを余儀なくされた。

噂を集め、目撃者に話を聞き、幽霊が出ると思われる場所を特定し、川崎屋が事件に絡んでいないことを証明する。それが、かすみの成すべき仕事だった。

考えるだけでも嫌だった。幽霊がいると思うだけで、逃げだして布団にくるまって丸くなりたかったが、懸命に出まわって話を聞いた。

その結果、北本所の最勝寺《さいしょうじ》に近い小川の近くに、噂のもとになっているなにかが出ていることを突きとめた。

女で、朱の打掛を羽織っている。そこまでは、誰に聞いても同じだ。

ただ年齢は若いという者もいれば、年増だという者もいた。髪も乱れていたり、きちんと島田に結ってあったりで、共通していなかった。

巨大な口を開けて、睨みつけてきたと語った職人は、足元の石を投げて抵抗したが、すべての石が身体をすり抜けてしまったと震えながら告げた。

かすみは、懸命に震えをおさえながら、話を聞いた。

逃げださなかったのは足がすくんで動かなかったからだし、悲鳴をあげなかったのも、口が強張《こわば》って声を出すことができなかったためだ。本当に怖かった。

目撃者とひととおり会うと、勇気を振り絞ってかすみは噂の場所に赴いた。

正直、行きたくないのであるが、打掛の真偽は確かめねばならない。

店の者が確認して偽物だと言えば、最悪の噂はおさえられよう。

そのあとで、馬鹿な男に取り憑こうが、大川に出て暴れようがかまわない。

よく晴れた日を選び、かすみは北堀割下水を越えて、北本所の寺町に入った。

本所は、江戸とはいうものの、深川のような派手さはなく、夜になると一瞬でひとけが引いてしまう。旗本が遊びに出歩くこともあるが、その数は限られており、川沿いの入江町や緑町をのぞけば、人影はほとんどない。

屋台も少なく、かすみも先刻、天麩羅《てんぷら》屋とすれ違って以来、まったく見ていなかった。

あたりはひどく暗い。半月の輝きでは、道の曲がりを確かめることもできず、小川のせせらぎが響いても、川がどこにあるのかはわからなかった。

なにがいてもおかしくない。嫌な空気が、濃厚に漂う。

「なんで、誰もついてきてくれないのよ」

かすみは思わず毒づく
「女をひとりでこんな場所に放りだすなんて、なにかあったらどうするのよ」

出かける際、かすみは店の者に声をかけたが、誰もついてきてくれなかった。誠二は笑って断ったし、手代の五郎《ごろう》は仕事がありますからと言って突っぱねた。下女のおきみは、絶対に嫌です、と首を振り、下男の甚兵衛《じんべえ》は孫の顔を見にいくと言い、話を途中で切ってしまった。

「ちょっと見るだけだから。大丈夫だから」

提灯を片手に、かすみは最勝寺の裏に入る。寺の北側を覆うようにして川が流れており、右手奥の水瀬には蛍が集まって、美しい輝きを放っていた。

幽霊とはかぎらない。なにかの見間違いであることもありうる。

たまたま打掛が風に飛ばされて、木に引っかかっていただけかもしれない。木の形が人に似ていれば、勘違いすることもあるだろう。

口の裂けた女というのも、枝の形でそのように見えるかもしれない。

幽霊が歩み寄ってきたという話もあるが、それもたしかではない。噂が噂を呼んで、おおげさになっているはずだ……。

見間違いである、と信じて疑わなかった。むろん、無理をしているという自覚はあったが。

「これぐらい平気。もっと怖い目にだって遭っているんだから」

実際、かすみは何度も危ない目に遭って、それをくぐり抜けている。

二年前には、人道を外した辻斬りと対峙した。

途方もない剣技の持ち主で、多くの町民が犠牲となった。かすみも、下手人を探っている最中に、危うく斬り殺されそうになった。白刃をかいくぐり抜けて戦ったときのことは、いまでも鮮明に覚えている。

去年は、深川のやくざ者に狙われた。かすみともかかわりのある者が、本所に襲いかかり、裏からの支配を目論んだ。

かすみは、望んで彼らと戦い、野望を断ちきった。

最後の戦いは、北の三囲神社《みめぐりじんじゃ》で、白刃が舞う危険な場所だった。

いまから考えれば、無茶をした。女だてらに斬りあいの場に出て、よく無事で済んだと思う。

きわどい局面に追いこまれながら、なんとか無事で済んだのは、かすみと同じく本所で生きるふたりの男のおかげだった。

矢野剣次郎《やのけんじろう》と和田新九郎《わだしんくろう》。

彼らがいなければ、かすみの運命も大きく変わっていただろう。

まさか、あのふたりとここまで深くかかわりあうとは思わなかった。

去年、事件が起きるまで、本所で姿を見かけることはあっても、話をすることはほとんどなかった。古着屋の手代と奉行所の同心では接点はなかったし、やくざ者と親しく付き合う理由もなかった。

かすみ自身の出自が異様なものだから、なおさらだ。

正直なところ、考えもしなかった。

自分と同じ血を持つ者が、同じ街にいるなんてことは……。

かすみがさらに思いをめぐらそうとしたところで、物音がした。

闇の中だ。梢が触れあう音とは、あきらかに違う。

思わず左右を見まわす。

右手の先に小川があり、せせらぎが聞こえる。

その向こう側で、なにかが動いている。

恐怖に駆られたかすみは、提灯をかかげる。

それを待っていたかのように、赤い布きれが舞いあがる。

「ひっ」

悲鳴を懸命に押し殺して、かすみはさがる。

しかし、逃げだすことはせず、あえて前に出て、川の浅いところを見つけて渡って対岸に出る。

布きれの正体を確かめねばならない。店の評判を落とさないためにも。

かすみがあらためて提灯をかざすと、赤い着物が松の後ろで揺れていた。

鳳凰の刺繍には、見覚えがある。たしかに、かすみが売った打掛だ。

「まさか、本当に……」

かすみがさがると、打掛は空を舞うようにして迫ってきた。

風がひときわ強まり、水の香りが鼻をつく。

「やめて、ちょっと待って」

かすみは手を振る。

その瞬間、打掛がぱっと投げられて、人の姿があらわになった。

女だ。ひどく痩せていて、風が吹くたびに左右に身体が揺れている。

不気味にあたりを泳いでいた瞳が、急にかすみに向けられる。

視線が絡みあったとき、女は笑った。大きく裂けた口を開いて。

かすみは、悲鳴をあげて逃げだした。足元もろくに見ていない。いつしか提灯も手放していたが、それも気づかないぐらい、夢中になって走った。

右に左に曲がって、広い道に出たところで、なにかとぶつかった。

思わず悲鳴をあげると、その腕をつかまれた。

「ちょっと待って、かすみちゃん。落ち着け」

聞き覚えのある声だったが、かすみの恐怖を消すことはできなかった。思いきり、腕を左右に振る。

その手首をつかまれ、動きをおさえられたところで、ふたたび声がした。

「私だ。和田新九郎だ。しっかりしてくれ」

かすみは我に返って顔をあげると、本所屈指の優男《やさおとこ》が微笑みながら彼女を見つめていた。

四

「なるほど、それですっ飛んで逃げてきたってわけだ。地獄耳のかすみともあろうものが情けない」

「それは、旦那が幽霊に会っていないからですよ」

かすみは、両手で肩をおさえた。思いだしたら、恐怖がこみあげてきて、自然に身体が震えていた。

「あれを見たら、男でもすっ飛んで逃げますって」

「それほど怖かったのかい」

「そりゃあ、もう……って、ちょっと、思いださせないでくださいよ。ああ、もう鳥肌が立っちまいましたよ」

「出たのは、たしかなわけか……なかなか、おもしろい」

かすみが腕をこするのを見て、黒羽織の同心が笑った。

腹立たしいが、ここで文句を言って、さらにからかわれたら面倒なので、かすみは黙りこんだ。

同心は、名を矢野剣次郎といい、南町奉行所の本所廻《ほんじょまわ》りを務めている。

黒羽織に黄八丈という同心らしい格好をしているが、いまいち野暮《やぼ》ったく感じるのは、身なりにあまり気を配っていないからだろう。

瘦身で顔立ちも整っていて、同心としての能力も高いのだから、女にもてでもおかしくないのに、不思議と浮いた噂は聞かない。

深くかかわるようになってから二年になるが、振る舞いはまったく変わらない。どこか、とらえどころがない。

「いやあ、おもしろかったですよ。鬼のかすみが涙目で走ってくるんですからね。

「幽霊なんぞより、何倍も眼を惹《ひ》きましたよ」

「からかわないでよ、新九郎」

「おう。怖い目だねえ。背筋が凍るよ」

かすみがきつい声で言っても、新九郎と呼ばれた男は気にした様子も見せなかった。剣次郎とは異なり、軽さを感じさせる笑みを浮かべる。

和田新九郎は本所の渡世人だ。昼間は街をぶらぶらしながら女に声をかけ、夜は本所の盛り場に顔を出して、さんざん遊んでいる。女物の着物を身にまとい、瑠璃《るり》色の羽織を着て街を歩く様子は、ひときわ目を惹く。

酒と女が大好きと公言し、実際、朝まで呑み、女郎屋で三日、四日と暮らすことも珍しくない。街で気に入った女を見かければ声をかけて、そのまま松倉町《まつくらちょう》の水茶屋で過ごすこともある。

ようするに遊び人であり、かすみがもっとも嫌う類《たぐい》の男だったが、新九郎については、つい見方が甘くなってしまう。

「いやあ、頼まれて、ついていってよかった。本当にいいものを見た」

かすみは睨んだが、新九郎は気にした様子も見せなかった。

幽霊と会った日、新九郎があの場所に居合わせたのは偶然ではなく、あきに頼まれてのことだった。かすみが同行を頼んだとき、店の者が断ったのは、すでに新九郎がついていくと知っていたからだった。

事情を知って、かすみはあきに文句を言ったが、助けてくれる人がいてよかったじゃない、とあっさりいなされてしまった。

「それで、そいつは本当に幽霊だったのかい」

剣次郎に問われて、かすみはうなずいた。

「間違いありませんよ。女の口が裂けたんですよ。こう、ぱっと。食べられるかと思いました」

「背格好はどうだった」

「並の娘ぐらいですね」

「年のころは」

「十七、八って感じですか」

「足はどうだった。ついていたか」

「知りませんよ。そんなところ、見ていません」

「顔はしっかり見ていたのにな」

「うるさいですよ、旦那」

かすみが手元の団子を投げつけた。

畳に落ちる寸前で、剣次郎が拾いあげる。

「おおっと、もったいない。ここの塩団子はうまいんだ。落としたら、罰があたるぜ」

三人が顔を合わせているのは、本所横網町《よこあみちょう》の夕月《ゆうづき》という団子屋だった。

店は二階建てで、座敷があり、ゆっくりと茶を飲みながら団子が食べることができる。回向院に近いこともあって、客が途絶えることはなく、今日も一階の縁台は人で埋まっていた。

塩団子は、緑町の山川《やまかわ》で修業した職人が作っており、わずかに感じる塩味が絶品だった。

投げたことを後悔しながらも、かすみは残った団子を食べた。うまい。

「行くんじゃなかった。夢に見そう」

「運がよかったんじゃないか。珍しいものを見ることができてさ」

新九郎が笑ったので、かすみは顔をしかめた。

「ふざけないでよ。まったく、こんなのが……」

兄妹なんてと言いかけて、かすみは口をつぐんだ。迂闊《うかつ》に話して、他人《ひと》に聞かせるわけにはいかない。

新九郎とかすみ、剣次郎は血のつながった兄妹で、その父親はなんと将軍である徳川家斉《とくがわいえなり》だった。

かすみの母親は、家斉が寛永寺に赴いた際に見初められて、関係を持ったが、かすみを産むとすぐに死んだ。いまでは、墓がどこにあるのかもわからない。

尼寺で育てられたかすみは、十歳のとき、川崎屋に引き取られ、下女として働きはじめ、その後、手代になった。

尼僧から出自について聞かされたときは、さすがに衝撃を受けたが、それでもどこかしかたのないことと割りきっていた。父母がいない自分が、どこか他の子どもたちと違うことはわかっていたからだ。

それだけに、同じ境遇の者がいようとは思わなかった。

それもふたりだ。

剣次郎はごく普通の同心で、新九郎に至っては、やくざ者の養子である。

将軍の血を継ぐ者が、本所で普通に暮らしているという事実を受け入れるには、時がかかった。

「こんなのが、なんだって」

新九郎にからかわれて、かすみはふたたび顔をしかめた。

「なんでもないよ。ちょっと黙っていて」

「おお。まだ怖いね」

新九郎は気にした様子も見せなかった。こういうところも腹立たしい。

一方で、気さくに話しあえる関係であることがかすみには嬉しかった。

出自の問題もあって、かすみは常に人と距離を置いていて、これまで人に本音を話すことはなかった。川崎屋の人々が気を使っていることはわかっていたが、それでもすべてをさらけだして話をすることはできなかった。そこはかとなく寂しさを感じていただけに、ふたりと深くかかわることができたのは幸運だった。

「旦那からも、なにか言ってやってくださいよ。怒られてばかりで、たまりませんや」

新九郎の言葉に、剣次郎は応じなかった。

「旦那？」

「おお、すまねえ。ちょっと考え事をしていてな」

「なんですか」

「幽霊がいたとなると、このままにはしておけねえって思ってな」

剣次郎は団子をつまんで食べる。

「どういうことですか」

「幽霊がいるなら、そのもとになった奴もいるということだ。放っておけねえんだよ」

「なにかあったんですか。あのあたりで」

食いついてきたのは、新九郎だった。顔には笑みがある。

「ああ、半年ばかり前に、女がひとり、死んでいる」

「ひっ」

「あの小川の畔でな。武家の娘で、名前は加代《かよ》といった。十八歳で、そろそろ嫁入りって声も出ていたところで、ある日突然、行方知れずになった。武家だから名聞《みょうもん》を考え、あえて探さずにいたら、川に身体を突っこむようにして倒れているところを見つけられた。そのときには、もう事切れていたようだ」

「それは、また……」

「どうして、そんなところで死んでいたのか、よくわからねえ」

「本所の北はひとけのとぼしいところですから、女ひとりで出歩くのはおかしいですね」

「調べようとしたんだが、御奉行から待ったがかかってな。それで、沙汰止みになっちまった」

剣次郎の言葉を聞いて、かすみは顔をしかめた。

「おおかた、武家が横槍を入れてきたんでしょう」

「そうだ。娘の父親が文句を言ってきた。さんざんわめき散らしたようで、御奉行さまも大変だったようだ」

「自分の娘が死んだのに、そんなのって」

かすみの胸に痛みが走る。

十八ならば、まだ若い。これから花を咲かす機会もあっただろうに、無惨な死ですべてが終わってしまった。それを理解しない父親は、なんとも腹立たしい。

「俺も気になったが、さすがに御奉行さまに申しつけられたら、口を突っこむわけにはいかねえ。調べはやめたが、頭の隅には残っていた」

「小骨が喉に刺さっているようなものですからねえ。嫌なものです」

新九郎も笑みを消していた。団子を握る手つきも荒々しい。

かすみは剣次郎を見やった。

「まさか旦那、今日、あたしたちを呼びだしたのは……」

「幽霊騒ぎが本物かどうかを確かめたかった。本物であったとすれば、加代の件がかかわっているのかどうか、はっきりさせたかった」

「加代さんが幽霊だと」

「無念の死だったら、成仏はできまいて。なにか裏があるのかもしれねえ」

「裏って、どうやって調べるんですか」

「そりゃあ、まずは当人と会って話を訊かねえとな。なにがあったかわからないと、その先にも進めねえ」

「冗談はやめてくださいよ。幽霊と会うなんて」

かすみは手を振った。

「嫌ですからね。絶対に嫌です」

「そうは言っても、ほかに手はなさそうだからな。しかたねえ」

「だったら、旦那だけでどうぞ。あたしはごめんです」

「幽霊と会ったのは、おまえだけだ。顔もおまえしか知らない」

「見かけた人はいくらでもいますよ」

「探すのが面倒くさいんだよ。おまえ、団子を食べただろう。代金分は働いてもらうからな」

「嫌です。本当に嫌ですかね」

かすみは代金を払うつもりで袖に手を突っこんだが、銭を出すよりも早く、剣次郎は立ちあがっていた。

「ほら、行くぞ」

かすみは口をはさめず、しかたなく立ちあがった。

いいように操られているようで、ひどく悔しかったが、ここは従うしかなかった。

五

そのままかすみは剣次郎、新九郎と連れだって店を出たが、最勝寺には向かわず、御米蔵の裏から南割下水に沿って、武家屋敷が連なる一角に足を踏み入れた。

「旦那、寺はこっちじゃありませんよ」

「行っておきたいところがある。たいして手間は取らせねえよ」

剣次郎に連れられて、かすみは石原町の南にある武家屋敷に赴いた。事前に伝えてあったらしく、ふたりはあっさりと通された。

新九郎は屋敷に入らなかったが、それは彼が嫌がったからだった。

こんな奴がいると話が通りにくいからと口にしたが、それが言いわけであることはあきらかだった。

かすみと剣次郎は庭に通されて、そこで膝をついて待っているように、奉公人に言われた。

ひどく屈辱的だったが、かすみは耐えた。

縁側に人影が現れるまで、ひどく時がかかった。半刻か、もしくはそれ以上に長かったかもしれない。

「おぬしらか、加代のことで話がしたいというのは」

カン高い声が響いて、かすみは少し顔をあげた。

路考茶《ろこうちゃ》の小袖に鉛色《なまり》の袴といういでたちだ。背は小さく、かすみよりもわずかに低いと思われる。髪は白く、顔にも皺が目立つところからして、年のころは五十代後半といったところか。

着物の傷み具合から見て、懐事情がよくないことはわかる。ごまかしたつもりでも、古着屋が見れば、裾や袖の手直しがいいかげんであることがわかる。

屋敷の大きさから見て収入は少ないと思われ、日々の生活に苦労していることは容易に想像がつく。

「さようです。武藤惣三郎《むとうそうざぶろう》さま」

剣次郎が膝をついたまま応じた。

「この者が、加代殿の幽霊を見たと申しておりまして。話が聞きたいのではと思いまして連れてきました。ご息女のことゆえ、気になることもございましょう」

かすみは驚いて剣次郎を見た。

自分が見た幽霊は、加代であると決まったわけではない。話を聞くかぎり、つながりはありそうに思えるが、なぜ、そこまで言いきれるのか。

「加代の幽霊だと」

惣三郎は縁側に立ったまま、かすみを見おろした。

「ふん。どうでもいいわ。あんな娘、どうなろうと知ったことか」

厳しい言いまわしに、思わずかすみは顔をあげた。だが、反論するよりも早く、剣次郎が先を続けていた。

「加代さまがどのような方か、手前は知りませぬ。ただ、幽霊となって出てきたからには、なにか無念の思いがあったのでしょう。それを叶えてやらねば、いつまで経っても今生にしがみつき、本所の地をさまよい歩くことになりましょう。

それはいささか気の毒というもの。ここはひとつ、ご寛恕《かんじょ》のほどを」

惣三郎は顔をしかめたが、それでも反論することはなく、縁側に腰をおろした。

「では、言ってみよ。あの娘がどのようであったか」

うながされて、かすみは幽霊の振る舞いについて語った。

打掛や松の影が出てきて脅されたことは説明したが、笑ったときに口が裂けてきたことについては触れなかった。女として、それはよくないことのように思えたからだ。

ひととおり話が終わると、惣三郎は大きく息をついた。

「馬鹿馬鹿しい。あんな打掛などにこだわりおって」

荒々しい言いまわしに腹が立って、かすみは反論した。

「なんとおっしゃいますか。あの打掛は、さる商家から流れてきた逸品。西陣で念入りに仕上げられて、娘が嫁入りのときに着てもらうはずでした。それが不幸にしてうまくいかず、市中に流れてきただけで、あの打掛の値打ちをさげるようなものではありません。見た目の美しさは見事だったかと」

「加代は気に入っていたようだ」

惣三郎は横を向いて話をしていた。かすみとは目を合わせようとしない。

「あの打掛は、娘が死ぬ寸前に手に入れ、嫁入りのときに着るつもりだったようだ。まったく、あんなものを買うゆとりがあるのならば、こちらにまわせばよいものを」

「いったい、なにを……」

「あやつは、我が家を継がせるために、親戚筋からもらい受けた娘だ。婿養子を取って、あとは子を産めば、それで十分であった。そのつもりで面倒を見てやったのに、儂の言うことに従わないばかりか、つまらない小細工をして、日々の稼ぎを貯めこんでいた。それで買ったのが、あの打掛よ」

　惣三郎は吐き捨てた。

「馬鹿馬鹿しい。着飾って、いったいなにが楽しいのか。よけいなことを考える暇があったら、我が家のために働けばよい。あんな着物だけにこだわるような器量なしだから、ろくに婿の話も来なかったのだ」

　かすみは絶句した。

　養女とはいえ、自分の娘であろう。十八といえば、かわいい盛りであろうに、なぜここまで罵倒できるのか。

　かすみが剣次郎を見ると、その肩が細かく震えるのが見えた。

「あげくの果てに、川に入って溺れるなどと。おおかた、男と逢い引きしている最中、足を滑らせて落ちたのであろう。みっともない話だ。噂を打ち消すのに、どれほど手間取ったか。奉行所が騒ぎたてたのも、よくなかったのだぞ」

惣三郎の顔は、剣次郎に向いた。

「いいか、そもそも武藤家は、神君家康公に仕えた由緒ある家柄で……」

そこからの話は、長く続いた。一刻の間、かすみは動くこともできず、惣三郎が語る家の過去を黙って聞いていた。

ようやく話が終わって屋敷を出たところで、かすみは剣次郎を睨みつけた。

「なにさ、あれ。いったい、なんなのよ」

「武藤惣三郎。八百石の旗本で、もとは書院番《しょいんばん》。二十年前に、いろいろとやらかして役目を取りあげられ、いまは無役。そういう爺だよ」

剣次郎は首筋を掻いた。

「いわくつきの人物でな、いままでも騒動を起こしているんだよ。一年前の北堀割での斬りあい、知っているだろう。あれの元凶が、あの爺さまだ。町人相手に刀を振りまわして、危うく詰腹を切らされそうになった。年を取ると、人は自分のことしか考えられなくなるが、そのもっともひどいのがあれだ」

「自慢話がひどかった。それも昔話ばかり」

「書院番で城勤めしているころが、いちばんよかったのだろうさ。付け届けもさんざんにもらっていたらしいし、嫁の話もたくさんあった」

「奥さまはいないのですか」

「ひとりいたが、逃げた」

　剣次郎は笑った。

「後添いの話はあったが、あの調子だからな、そのうち誰も近づかなくなって、いまでは養子のもらい先すら困るありさまさ。旗本の次男、三男なんて腐るほどいるのにな」

「養女にしたって、無理やり、どこぞの旗本から引っ張ってきたって話でしたねえ」

　いつの間にか新九郎が姿を見せて、かすみの背後で笑った。肩には一丈を超える長い棒がある。

「あとは婿養子を取るだけでしたが、うまくいかなくて、出入りの商人に当たり散らしていたってことで」

「新九郎、あんた、知っていたね。だから来なかったんだろう」

「おまえさんが知らないことが驚きだよ、本所の地獄耳。有名だから、とうに知っていると思ったよ」

「聞いてはいたけど、食指《しょくし》が動かなかったから気にしなかったんだ。名前も忘れていたよ」

かすみは、一度、聞いた話を決して忘れず、頭の隅に残しておく。それが積み重なるうちに、いつしか本所の裏情報に精通し、地獄耳の異名を取るに至った。意識しているわけではないが、かすみは人の話を引きだすのがうまく、隠していたことでもいつの間にかしゃべらせてしまう。他の者には聞きだせない情報を巧みに集め、それをうまくまとめあげて、事の本質にたどり着く。

かすみが地獄耳であるのは、卓越した技術ゆえだが、じつのところ、関心のない分野はおざなりにする傾向があり、それで何度か痛い目にも遭っていた。

「そういや、貸本屋から、うるせえ旗本がいるから気をつけろって言われていた。あいつのことだったんだね」

「ただうるさいだけだったら、放っておいたんだが、娘が死んでいるとなれば、そうはいかねえ。ましてや、いい死に方でなければな」

剣次郎は、北の空を見つめる。

夏の日射しは、雲の陰に隠れて見えなくなっていた。暑さがやわらぐ一方で、湿気が高まって、吹きつける風も重く感じられた。

「仏の身体を見たが、痣《あざ》があちこちにあった。首筋、腕、足。見えるところだけでも十二。着物を脱がすわけにはいかなかったから、他のところは確かめていねえが、調べればもっとあっただろうよ」

「どういうこと」

「折檻《せっかん》を受けていた。おそろしく惨《むご》いやり方で」

かすみは身体が震えて、思わず自分で自分を抱きしめた。

「川に落ちたのは、足を滑らせてってことになっているが、頭から突っこんでいたからな。自分で落ちたってこともありうる」

「十八の娘が。わざと川に」

養女として引き取られて、愛情を注がれることなく、ただ婿養子を取るための道具として使われていた。

いいように使われて、逆らえば叩かれた。何度も何度も。

まだ先のある若い娘が夢見ることも許されずに、武家屋敷という牢獄に閉じこめられていて、唯一の夢が打掛だった。

それをあそこまで罵《のの》しられては……。

「化けて出たくなるのも当然か」

かすみは天を仰いで息をつく。心が落ち着くまで、少し時間がかかった。

「旦那、いいですか」

「なんだ」

「あたしを誘った理由《わけ》、ほかにもありますよね」

「まあな」

「話してください」

剣次郎は簡潔に事情を説明してくれた。それで十分だった。

「わかりました。だったらこの件、あたしにまかせてもらえませんか」

かすみは言いきった。

「悪いようにはしません。どうせ武家絡みなんだから、奉行所では手を出せないでしょう。だったら、あたしがやりますよ」

「そのとおりだが、どうするつもりだ」

「幽霊に会います。まずはそこからです」

六

三日後、かすみは最勝寺の裏手に赴いた。

それまでの間、かすみは持ち前の地獄耳で、武藤惣三郎にかかわる話を集めてまわった。みずから出向くこともあったし、彼女が話を聞きたがっているからと、川崎屋をわざわざ訪ねる人物もいた。

たっぷりと話を聞いて、彼女はひとつの結論にたどり着いていた。

最勝寺の裏手に出向いたその日は昼間に雨が降ったおかげで、小川の水量は増えていた。川の畔も泥だらけで、気を遣って歩かねばならなかった。

時刻は六つを過ぎており、周囲は闇に包まれている。

雲が残っていることもあって、月光があたりを照らすこともない。提灯のわずかな灯りだけが頼りだ。

橋を渡って、先日の松が視界に入ってきたところで、かすみは足を止めた。

松の先から物音がし、朱色の布が揺らぐ。

あの打掛だ。以前より傷《いた》んでいる。

いや、前に見たときにも傷があったのだろうが、怖くて気がつかなかったのかもしれない。

かすみは、自分が落ち着いていることを自覚していた。これならできる。

打掛が風に揺られながら近づいてきたので、息を呑んでさがった。

松の裏から人の影が現れて、彼女に迫る。闇に包まれていて、身体つきはよくわからない。

かすみは、半歩だけさがる。

人影は、打掛を頭からかぶって、川の畔に出てきた。裾を大きく揺らしながら、さらに距離を詰めてくる。

気配がもっとも近づいた瞬間、かすみは前に出て、その腕をつかんだ。

手応えがある。間違いなく、血肉の通った人のものだ。

「つかまえたよ。逃がさない」

影は激しく手を振って逃れようとしたが、かすみは許さなかった。さらに腕に力をこめる。

「おとなしくしな。言いたいことがあるんだよ」

「放せよ。放せったら」

「いいから。ちょっとこっちの話を聞きなよ。石原町のお登世」

影は息を呑んで、動きを止めた。その拍子に、打掛が落ちる。

白粉と紅を塗りたくった顔が、提灯の輝きに照らされた。その目は大きく開かれている。

「どうして、あたしの名前を……」

「調べたんだよ。あんた、あの武藤家の下女だったんだろう。三か月前まで。加代さんになにがあったのか、知っているんじゃないのかい」

お登世と呼ばれた女はかすみを見ていたが、やがて、その場に膝をついた。

雲が切れて、やわらかい月光が頭上から降りそそぎはじめたとき、お登世はゆっくりと口を開いた。

七

本所で妙な噂が流れはじめたのは、七月に入ってからだった。

いわく、武藤惣三郎は家を残すため婿を取ろうとしたが、それがどうしようもない男だった。有名旗本の庶子だったが、さんざんに悪さをして、遊女にも嫌われていた。入江町では出入り禁止になっていたが、金だけは持っており、それを狙って惣三郎は近づいた。

娘は嫌がったが、惣三郎は許さず、口答えすると激しく折檻した。身体に傷をつけられて耐えられず、娘は家を飛びだし、自死した。

しかし、思いがあまりにも強すぎたので、いまだ成仏できず、最勝寺の裏手を幽霊となってさまよっている……。

たちまち噂は広がり、読売《よみうり》が書きたてる騒ぎになった。もちろん名前は伏せていたが、読む者が見れば、たやすくわかるように工夫されていた。

商家はもちろん、武家屋敷にも話は広がり、奉公人が惣三郎の屋敷を見ながらひそかに語りあう始末だった。

ただでさえ悪かった惣三郎の評判は、さらに地に落ちた。

悪評はとどまるところを知らず、ついには大川を渡って、江戸城まで届くに至った。

「来ました、姐《あね》さん。あいつです」

お登世が駆け寄ってきたのを見て、かすみは雑木林を出て、川に向かった。

提灯の明かりが見える。満月に近い月のおかげで、人の歩く様子がはっきりと見てとれる。

影はふたつ。ひとつは刀を二本差して、大股で歩いているのが見てとれる。もうひとつは提灯を持っていて、着物は粗末な縞、刀は一本だけだった。さかんにあたりを見まわしながら、川端を進んでいるのがわかる。

やわらかな光に照らされた顔には、見覚えがあった。

「武藤惣三郎です」

「ああ、ようやくお出ましだね」

「本当に来ましたね。姐さん、すごいや」

「その姐さんはやめておくれ。背筋が痒《かゆ》くなる」

かすみが顔をしかめると、お登世は笑って肩を叩いた。

「だって、あたしがあんなにやっても駄目だったんですよ。雨の日にも、あの打掛をかぶって出ていたのに。それが姐さんが手伝ってくれた途端に、これですよ。びっくりです」

「だから、姐さんはやめてって。うまくいったのはたまたまだよ」

お登世の話を聞いて、かすみは幽霊の噂が広がるように手を打った。しかも、それが加代とかかわりがあることを明示して。

おときが知っていたぐらいだから幽霊の件は本所に広まっていたが、かすみはそれに付け加えて、加代の死に惣三郎が絡んでいることを町民が意識するように仕向けたのである。

狙いはうまくいき、惣三郎はすっかり悪人となった。加代の死は自死ではなく、惣三郎に殺されたとささやかれるまでになり、出入りの商人も付き合いを断るまでになった。

こうなっては、惣三郎は真相を確かめるため動かざるをえない。昨日から網《あみ》を張っていて、さっそく今日、成果が出た。

「ようやく加代様の敵《かたき》が取れますよ」

お登世は唇を嚙みしめた。

「あんな目に遭って、本当に可哀相」

かすみは、お登世から事の顚末を聞いていた。加代はあまりにも憐れであり、せめて一矢報いたいという、お登世の女としての気持ちはよくわかった。

だから、ここまで手を貸したのである。

「ああ。あんたもうまくやっておくれよ。頃合いが大事だからね」

お登世はうなずき、草むらに消える。

かすみは、風呂敷に包んであった例の打掛をかぶると、松の木の裏にまわりこんだ。気配が近づいてきたのを確かめて、ゆっくりと立ちあがる。

「よくも、あんな目に遭わせてくれましたね」

かすみは低い声で語りかける。

「女を食い物にして、よくも……」

「黙れ。下郎。騙されはせぬ」

惣三郎が叫ぶと、奉公人が飛びだして、刀を抜いた。

かすみはさがってかわしたが、その拍子に打掛が斬り裂かれてしまった。赤い布が無惨な姿をさらす。

惣三郎は提灯をかざすとその顔がわずかにゆがんだ。

「おぬし、あのときの女か」

「覚えていてくれて、ありがとうございます。武藤さま」

「なんのつもりだ。これは」

「いえ、武藤様にお話がございましてね。加代さまのことで」

「なんだと」

「じつはこの打掛、あたしの店で売った品物でしてね。こんな目に遭わされて、本当に可哀相」

「なにを……」

「それにね。女を品物のように扱う馬鹿は、どうにも放っておけないんで」

かすみは、惣三郎を睨みつけた。

「あなた、女を売り飛ばしていましたね。武家の名前を使って」

惣三郎の顔色が変わった。どうやら図星《ずぼし》のようだ。

武藤家は、評判の悪さから、養子の話が途絶えただけでなく、商人からも嫌われて経済的に追いこまれていた。借金は増える一方で、五年前には利息を払うため、家宝の刀を売り飛ばしていたほどだ。

このままでは生活が立ちいかぬとみた惣三郎は、その意地汚さからひとつの策を思いついた。

下女の売買である。

惣三郎は自分の家で、町民の娘を集めて、下働きをさせた。礼儀作法を知っていれば、嫁入りのときに有利だからという理由であったが、もちろん彼はなにも学ばせず、娘たちをひたすらに使い倒し、半年後には売り飛ばした。

相手は、金持ちの商人である。

武家屋敷に奉公した娘を自由にできるという魅力に惹かれて、客はこぞって惣三郎から下女を買った。器量がよければ、百両で購入されることもあったらしい。

娘たちは嫌がったし、親も文句をつけたが、そのあたりは惣三郎が無理に黙らせた。娘たちの実家はいずれも生活が苦しく、あまり強く抗議できない状況だった。そのあたりを踏まえて、惣三郎は娘を集めていた。

ようやく金が集まり、生活が落ち着いたところで、惣三郎は加代を養女とした。しばらくごまかして養子を取ってしまえば、うまくいくと思っていたのだが、早々に加代は悪行に気づいて、惣三郎を詰問した。女は物ではない、と言いきったらしい。

惣三郎は逆らう加代を激しく責めたて、食事も満足に与えなかった。いずれは屈するだろうと考えていたが、加代は粘った。

半年後、ようやく隙を見つけて抜けだしたのであるが、惣三郎に見つかってしまい、最後は川になかば身を投げるようにして死んだ。

「あたしがちゃんと手引きしていれば、あんなことにはならなかったのに」

お登世は泣きながら語った。

彼女は小田原の農家出身で、武藤家の誘いに乗って下女になった。惣三郎が女郎の口入れを仲介していると気づいたときには遅かったが、加代がかばってくれたおかげで、売り飛ばされずに済んだとのことだった。

お登世は、加代の騒動にまぎれて屋敷を逃げだし、三囲神社門前の茶屋に勤めていた。ある日、惣三郎がのうのうと参拝するのを見て、腹が立ち、加代の無念を晴らすために幽霊騒動を起こした。

「誰かに気づいてほしかった」

それがお登世の思いだった。

「ひどいことをしてさ。武家だったら、なんでも許されると思っているのかい」

かすみは啖呵を切った。

「悔いあらためるには、よい頃合いさ」

「よくも、そんなことを。噂をばらまいたのはおぬしか」

「そうさ。よほど憎まれていたんだね。あっという間に話は広がったよ」

今回、噂を広めたのは、市井の女たちだった。

かすみは、お登世から聞いた話をさらに深く調べ、実際に売られた娘とも会い、真実と確信したうえで、知りあいの女たちに話をばらまいた。

陰惨な話に、本所の女たちは激昂し、惣三郎への悪評を容赦なく広めた。

武家屋敷で噂が一瞬で広がったのは、下女が徹底して、かすみの味方をしてくれたからだ。

武士の力がどれほど強くとも、女の口を封じることはできない。

それが事実であれば、なおさらだ。

噂に耐えられず、惣三郎はこの地を訪れた。幽霊騒動を片づけるために。

「明日にでもお城に行って、本当のことを言うんだね。噂はいつまで経っても消えないからね、そのうち、お偉いさんも動くよ」

ちょっと調べれば、惣三郎の悪事はあきらかになる。

「自分の口から言えば、少しはましな扱いになるでしょ」

「ほざけ」

惣三郎が刀を抜いた。思いのほか速い。

かすみはさがると、大きく腕を振りあげて合図した。

途端に、草むらが動いて、虫の群れが飛びだしてきた。いっせいに惣三郎に襲いかかり、その手足に貼りつく。

「うわっ、こいつ、よせ」

「嫌いなんでしょ。さいかち虫がさ」

提灯の光に引き寄せられて、三尺あまりの虫が群がって飛ぶ。

さいかち虫は、黒、もしくは茶色で、さながら兜をかぶったかのような独特な形をしている。夏になると、甘い樹液を出す木に群がり、朝夕には羽根を開いて飛びまわる。子どもに人気で、角に紐を引っ掛けて、小車を引かせて遊ばせる。

江戸では珍しくない虫であるが、惣三郎はそれをひどく嫌っていた。

なんでも、子どものころに大挙《たいきょ》して襲われたことがあるらしく、それ以来、見かけたら逃げまわるとのことだった。

出入りの商人からその話を聞いて、かすみはお登世に頼み、さいかち虫を大量に集めて木箱に入れ、頃合いを待っていた。

大嫌いな虫に襲われて、惣三郎はうめいていた。

「ほら、気をつけないと、川に落ちるよ」

「おのれ」

吠えたのは、かたわらの奉公人だった。長刀を抜いて、上段から斬りかかる。

かすみはあわててさがり、懐から小刀を取りだす。

それは、流星剣と呼ばれ、はるかな昔、唐の国からもたらされた技で作られた名品だった。柄に、耳を押さえた猿の紋様が描かれているのが特徴だ。

将軍家斉から贈られた刀であり、それこそが、かすみが将軍の娘であるという証しであった。

かすみは、奉公人の一閃を流星剣で振り払った。

乾いた音がして、闇夜に火花が散る。

奉公人は踏みこんで、刃を振るう。

かすみは押しこまれたように見せかけて、少しずつさがっていく。

相手の太刀筋は見えた。腕はたいしたことはなく、いずれは勝てる。

問題は惣三郎で、思いのほか腕が立った。正面から渡りあっても、こちらがやられる。警戒は必要だった。

かすみは、惣三郎を見ながら、奉公人の左にまわる。

そこで声があがった。

「姐さん」

「馬鹿、声を出すんじゃない」

お登世が顔を出すと、それに惣三郎が反応した。一気に間合いを詰めて、刀を振りかざす。

「あっ」

お登世が声をあげる。

距離があって、助けは間に合わない。やられる。

かすみが息を呑んだそのとき、視界の片隅を赤い布がかすめた。

打掛だ。

草むらから浮かびあがって、たちまち惣三郎に絡みつく。

「うわっ、なにを」

惣三郎は腕を振るうが、打掛は離れず、逆に川の畔に追いこんでいく。

あっとお登世が声をあげるのと、惣三郎が川に落ちるのは、ほぼ同時だった。

奉公人が動揺したのを見て、かすみは間合いに飛びこみ、流星剣を振るう。

肩口を深く斬られて、奉公人は刀を落とした。それをかすみは蹴飛ばして、川に落としてしまう。

「勝負あった。じたばたするな」

かすみは切っ先を突きつけると、奉公人はうめいて膝をついた。

小さく息をつくと、それを待っていたかのように、お登世が駆け寄ってくる。

彼方で水音がするのは、惣三郎が川で暴れているせいだろうか。

かすみは、お登世に奉公人を締めあげるように言うと、様子を見るために小川に足を向けた。

八

「それで、あの男、どうなるんです。お上《かみ》は締めあげてくれるんでしょうね」

「事が露見した以上、言い逃《のが》れはできまい。よくて閉門。悪ければこうだな」

剣次郎は腹の前で、手を横に動かした。

「あたりまえですよ。さんざん、女を弄《もてあそ》んで」

「調べたら、わんさか出てきたよ。あの男、自分が女を売買していただけでなくて、他の家にもやり方を指南して、稼ぎを得ていた。大名も加わっていたっていうから、驚きだよな」

惣三郎は、自分で下女を売買していただけでなく、同じように金に困っていた旗本や御家人に売買のやりかたや取引先を教えて、指南料を取っていた。事が露見しそうになると、わざと騒ぎたてて、奉行所や目付の動きを封じる役目も果たしていたほどだ。

その数は思いのほか多かったようで、いまは若年寄が取り調べを進め、真相の解明にあたっていた。

惣三郎の仕掛けは、かすみが考えている以上に大きかった。

「悪党ですね。気持ちが悪い」

そう言いながら、かすみは串を取って、団子に食いついた。

長崎橋の西詰は南割下水が横川に流れこむ場所にあたり、人の出入りが多い。多くの屋台が並び、橋を渡る町民や河岸で仕事をする人夫を相手に商売している。

そのうちのひとつが、ふたりが団子を食べている屋台であり、先だって剣次郎が見つけて、ぜひ行こうと声をかけられていた。

正直、甘すぎる菓子は嫌いであったが、その団子は餡の使い方が絶妙で、かすみの口に合った。たちまち団子は消え、手には串だけが残った。

かすみは縁台に座って、横川の流れを見つめる。

荷物をおろした猪牙舟が南にくだっていく。ひと仕事、終えたこともあって、船頭は煙管を吹かして、気楽に船を操っていた。

「どこまで調べることができるか、わからねえ。大物がかかわっていれば、町方にはそれまでだ。惣三郎にすべてをおっかぶせて終わりだよ」

「だからお侍は嫌なんですよ」

「それでも、事の次第があきらかになったおかげで、何人か助けることができた。親に会えた娘もいる。それだけでましだ」

「それには、私どもも、ずいぶんと力を貸したんですけれどね」

新九郎が姿を見せ、縁台の団子を手に取ってかじりついた。

「うん。うまい。これだったら、どこぞの門前で店を出せるんじゃないの」

彼が話しかけても、屋台の店主はなにも言わなかった。ただ無言で、団子の用意をしているだけだ。

「あんたがなにをしたのさ」

「苦海《くかい》に落ちた娘を拾いあげた。外道な取引で買っていた奴に、ちょっと脅しをかけて返してもらった。もっとも、数は少ないけれどね」

「どこに行ったのか、わからない娘も多かっただろうからね」

「どれだけの女が売買されたのか、はっきりしたことはわからない。命を落とした娘もいるだろう。化けて出たいのは、加代だけじゃなかろう」

剣次郎の言葉が重く響く。

惣三郎の悪事を暴いても、事件のすべてを解決できたわけではない。謎は謎のままで終わり、晴らせぬ無念は確実に残る。

「それでも、これ以上の悪事は防ぐことはできた。それだけでもよしとするべきだろう」

「そうだね」

望みすぎれば、高転びする。

「まったく、今回はいいように使われたね」

かすみは頭を掻いた。

「知っていたんでしょ。端から幽霊が本物でないってことに」

「まあな」

剣次郎は平然と応じた。

「夏に幽霊話はつきものだが、今回のは派手な打掛といい、口が裂けた女といい、どこか見世物《みせもの》じみていた。誰かが目を引くためにやったことは、なんとなくわかった。ましてや、加代の仏があった近くならな」

「加代さんのことをわかってもらいたくて、それがきっかけになって、惣三郎の悪事を暴くつもりだったたってことか」

剣次郎は、最初からそれに気づいていて、探りを入れていた。かすみは、まんまとその手に乗って、踊らされた。

「腹立たしいねえ」

「うまくいったんだからいいじゃないの。誰も怪我しないで済んだし」

「まったくだ。あの惣三郎、じつは剣の腕はよかった。下手すれば斬り殺されていたぞ」

「運がよかったんだよ。たまたま風が吹いてさ、打掛が身体に絡みついた。そのまま川に落ちたから、こっちはなにもしないで済んだ」

「風が吹いただと」

剣次郎は、かすみを見つめた。

「あの日、そんなに強かったたか」

「ああそういえば、蒸し暑い日でしたね。風はどうだったかな」

かすみは、惣三郎と対峙したとき、汗を掻いていたのを思いだした。

「あ、でも、川沿いだから」

「あんな小さな川だぞ。いきなり打掛が舞いあがって、人に絡みつくほどの風が吹くわけはないだろう」

剣次郎の表情は硬かった。

「そうだよな。やっぱりおかしいよな」

「なんですか、旦那。言いたいことがあるなら、はっきり言ってくださいよ」

かすみの背筋を冷たい汗が流れる。なにか嫌な感じだ。

それに気づいているはずなのに、剣次郎は淡々と語った。

「いや、あの惣三郎な。川岸にひっくり返っていただろ。調べてみたら、腕と脇腹の骨が折れていた。それで、首筋にははっきりと残るぐらい締めあげた跡が残っていたんだよ。正直、生きていたのが不思議なぐらいだった」

「え、それって、どういう……」

「巻きついたぐらいじゃ、そんなことにはならねえ。つまりだ、打掛は勝手に飛んでいって、惣三郎の身体を締めあげたんだよ」

かすみは、打掛が舞いあがったときの情景を思いだした。

たしかに風はほとんどなく、まるで意志を持っているかのように、惣三郎に巻きついた。

「幽霊はいたのかもしれねえ。あの打掛に取り憑いていて……」

「やめて、やめてください」

かすみは頭を抱えて、背を丸めた。

「聞きたくありません」

「だって、ほかに考えられねえだろう。幽霊でなければ、あんなふうには……」

「いません。幽霊なんか、どこにもいないんです」

かすみは激しく首を振る。

剣次郎は嘘をついている。

打掛は風に吹かれて勝手に巻きついた。勝手に飛んでいったなんてありえない。

そもそも打掛のお化けなんて、聞いたことがない。

いるはずがない……。

かすかに、笑い声が響く。剣次郎か、それとも新九郎か。

怯えすぎだと思っているのだろうか。わかっているが、どうにもならない。

かすみは心の中で、風が吹いただけ、と懸命に言い聞かせたが、背筋を流れる冷や汗はいつまで経っても消えず、激しく彼女の心を痛め続けたのである。

第二話　素人戯作

一

「ちょいと、新九郎、これを持っていってくんな」

出かける寸前に声をかけられて、新九郎が振り向くと、年増の女が絵草紙を押しつけてきた。黄表紙五巻を一冊にまとめた合巻本で、思いのほか重みがある。

「なんだい、これは」

「菊蔵《きくぞう》から借りたんだよ。そろそろ期限だからね。返さないと」

「へえ、ちよさん、こんな本を読むんだ」

新九郎は表題に目を落とす。

「『傾城水滸伝《けいせいすいこでん》』。あれか、曲亭馬琴《きょくていばきん》先生の作品か」

「そう。水滸伝の登場人物が女だったらって話さ。鎌倉の御代に置き換えられているけれどね、なかなかおもしろいよ」

ちよは笑った。

見たところ、単なる街の女房にしか見えないが、実際は入江町の女郎屋をまとめあげる顔役だ。裏の世界にもくわしく、渡世人とも互角以上に渡りあう。

新九郎にとっては、義理の母親であり、亭主の五郎太《ごろうた》と並んで、彼の出自を知っている数少ない人物だった。

「でも、これ、続きが出ないって聞いたけれど」

「そう。先生が先を書いてくれなくてね。しかたないから前の巻を読み返していたんだけど、もう追いついちまったからね。ほかにおもしろいのがないか、菊蔵に聞いておいて」

「逢えるかどうかわからないよ」

「この頃合いなら、長崎町の岩田屋にいるよ。あそこの旦那、黄表紙好きだから」

「いいように使ってくれるねえ。まったく」

そう言いながらも、新九郎は懐に合巻をしまって、外に出る。

朱色の陽光が路地をつらぬく。吹き抜ける風は、驚くほど涼しい。

八月もなかばを過ぎれば、苛烈な熱気はいずこともなく消え去り、日の暮れる頃合いには、懐に冷気を感じるところまで気温が落ちる。

月が欠けてゆくのに従って、秋の気団が急速に深まっていく。

それにつられるようにして、夜の町に繰りだす男も増えていた。

夏の間はだらしのない格好で縁台に座っていた職人が、きっちり身だしなみを整えて、女郎屋に足を向ける。その声は弾んでいる。

女もよくしたもので、落ち着いた色の着物と化粧で男を迎える。

夏の間は、よどんだ風が吹いていた切見世《きりみせ》の一角も、秋になれば、さわやかで華やいで見えるから不思議である。

深川と違って、本所は地味だ。女も男も安っぽいが、だからこそ、男と女の本質が如実に表われると新九郎は思っている。

切見世でむつみあう連中は、己の欲望をむきだしにしている。求める者と求められる者が激しくぶつかりあう場所が夜の本所であり、喜怒哀楽が文字どおり渦巻く。おそろしいまでの闇もあれば、蛍の光にも似た小さく美しい輝きもある。

新九郎は、本所の慕情を深く感じながら、横川の河岸に出る。

用事があったのは清水町の料理屋で、新九郎は店主に席を設けてくれるように頼んだ。十日前、三笠町で騒動があり、それをまとめるために宴席が必要だった。

店主は一礼して、新九郎の申し出を受け入れた。

「もちろん、やらせていただきます。それにしても、ここのところ、お武家さまは、いろいろとやらかしてくださるようで」

三笠町の騒動は、御家人と職人の喧嘩がきっかけだった。小競りあいが、いつしか奉公人や職人仲間を巻きこんでの大喧嘩となり、危うく奉行所の世話になるところだった。

三笠町は町屋と武家屋敷の接点であり、武家の往来が多い。これまでも御家人が喧嘩を仕掛けてくることはあったが、ここまで騒動が大きくなることはなかった。

「新九郎さまも手際がよくなりましたな。これなら、五郎太さまの跡を継いでも、やっていけますよ」

「私は、単なる使いだよ。親父さまにはかなわないさ」

新九郎はひらひらと手を振って、料理屋を出た。南割下水を渡ると、左に曲がって、ちよが口にした長崎町に向かう。

秋の夕陽が表店を照らす。屋台も出てきて、人も切れていないのに、その情景はどこか寂しく見えた。

「旦那」

聞いたことのある声に顔を向けると、背の小さな男が新九郎を見ていた。目や鼻は大きく、顔の小ささとまるで嚙みあっていない。肌は陽に焼けて黒く、お世辞にも美男子とは言えない。

着物をきちんと整え、背筋を伸ばして歩いているから貧相には見えないが、動きがどこか重い。まだ三十代なかばで、普段は足早に裏店をまわっているのに、いったいどうしたのか。

「おう、菊蔵か。こっちだったか」

「へえ。いつもお世話になっています」

「ちょうどよかった。ちよさんから頼まれてね」

「これはどうも」

新九郎が合巻を渡すと、菊蔵は丁寧に受け取って、頭をさげた。

「おもしろかったと言っていたよ。ただ、これで追いついてしまったから、新しい作品が欲しいとさ」

「ちょうどよかった。新作が手に入ったばかりなんですよ」

菊蔵は行商の貸本屋で、本所の得意先に顔を出し、黄表紙を貸して歩くことを生業《なりわい》としている。貸し賃が適正で、見立てがよいことから重宝されていて、最近では名の通った旗本の屋敷にも出入りしているとのことだった。

彼と話をすると、作品の魅力を熱心に伝えてくれる。要点をかいつまんで説明して、引っ張りこんでおきながら、肝心なところは語らない。

それに焦れて、つい本を借りてしまうというありさまで、新九郎も何度か引っかかって借りていた。

いまも菊蔵は、仕入れてきたばかりの黄表紙について、熱心に語った。

「おまえの話はたいしたものだよ。つい欲しくなってしまう」

「旦那の口車にはかないませんよ。あっしはひとりを動かすだけで精一杯ですが、旦那だったら十人や二十人は軽いんだから」

「褒めすぎだよ。あまり威張れた話じゃない」

新九郎は、本所の口車《くちぐるま》という異名をあまり好んでいない。どう話しかければ、人の心を操ることができるかわかっているが、それはその場かぎりでしかなく、上《うわ》っ面《つら》で終わってしまう。

本当の意味で、人を動かしていない。

剣次郎やかすみが、不器用ながらも言葉を並べて説得する姿を見るたびに、自分の軽さを思い知らされる。もっとも、わかったところで、自分のなにかが変わるわけでもないのだが。

「旦那、どうしやした」

「ああ、すまない。それで、どうだ」

「やはり、春水《しゅんすい》の新作がいいですね。ちょっと値は張りますが」

「八犬伝《はっけんでん》はどうなんだ。なんとかなりそうなのか」

「続けるつもりはあるようですよ。ただ、最近は、あまりおもしろくはありませんね」

辛辣《しんらつ》だが、正しい評価だ。だから、あてになる。

新九郎はしばしば菊蔵と話をして、借りる合巻を決めた。

「ちよさんのところへ持っていってくれ。金はそこで払ってくれる」

「毎度、ありがとうございます」

菊蔵は、そこで新九郎を見あげた。

「すみません。旦那、ちょっと頼みたいことがあるんですが、いいですか」

「なんだ」

「じつはいま、戯作を書いていまして」

「おまえがか。こいつは驚いたな」

「素人のお遊びですが、書いてみたら、こいつが思ったよりツボにはまりまして。本気でやってみたいと思うようになったんですよ。それで、義俠任俠の話を一本、やってみたいと思っています。ようするに、やくざが暴れまわる話でして」

「そんなのでいいのかい」

「はい。それで旦那に、やくざの働きぶりを見せていただきたいと思いまして。しばらく、くっついて歩きたいのですが、よろしいですか」

「おまえが私にか」

新九郎は顔をしかめた。

「嫌なこった。男にくっついてまわられるなんて、ごめんこうむるね」

「そこをなんとか。よろしくお願いします」

菊蔵は頭をさげた。不思議なぐらい強い熱意を感じたが、流されるわけにはいかない。新九郎は手を振って背を向けた。

「駄目だ、駄目だよ」

「そこをなんとか」

菊蔵の声が追いかけてきたが、新九郎は無視した。

好きなときに好きなことをできないのでは、たまらない。

鬱陶《うっとう》しいのは嫌だった。

二

だが、事は新九郎の思ったとおりに進まなかった。

「それで、旦那、今日はどこへ行くんで」

「……おまえさん、今日もついてくるのかい。仕事はどうするんだよ」

「朝方にやっておりますよ。旦那は、寝ぼすけなので」

「春眠、暁《あかつき》を覚えずと言うだろう。無理はしたくないのさ」

「旦那、いまは秋ですぜ」

菊蔵は笑った。屈託のない表情がかえって腹立たしい。

あの日、話を持ちかけられて新九郎は断ったが、菊蔵はあきらめることなく食いさがり、何度も頭をさげて、仕事ぶりを見せてくれと頼みこんできた。

任俠の戯作を書くのであれば、本物の仕事ぶりを見るのがいちばんいいと言い続け、新九郎が嫌がっても離れようとしなかった。

それは、二日、三日と続き、しまいには新九郎の家に押しかけて、頭をさげるまでに至った。

結局、新九郎は根負けしたのであるが、それにはまわりの声が大きくなったという理由もあった。ちよや五郎太、さらには女郎や家の下女までが菊蔵に味方して、新九郎に妥協を求めたのである。

「やりかたが汚いよ。家の者を味方につけるなんて」

「すみません。手立てを選んではいられないので」

「そこまでして戯作を書きたいとはね。なにかあてがあるのか」

「たいした理由《わけ》はありませんよ。やるならいいものが書きたい。それだけで」

菊蔵の声は強かった。新九郎は違和感を覚えたが、あえて口には出さず、先を続けた。

「今日は吉田町だ。借金の取り立てだよ」

「相手はごろつきですか」

「飾り職人だ。博打に入れこんで、金を借りたのはいいが、期限になっても返そうとしない。だったら、無理にでも取り立てないとね」

天下泰平の御世が続き、暇をもてあました町人は目先の楽しみに精力をそそぐ。

節度を保っているうちはよいが、度を超すと深みにはまって動けなくなる。

これから取り立てにいく職人も足を踏み外したひとりで、そろそろ引き戻さないと、いろいろと面倒なことになる。

ふたりは肩を並べて、法恩寺橋の西詰を左に曲がり、吉田町へと向かう。

広い通りには屋台が並んで、揚げ物の心地よい音が響いている。

「いいねえ。どこかで食べていくか」

「仕事をしてくださいよ。それに旦那は食べるよりは、呑みでしょう。昨日もさんざん遊び歩いたようで」

菊蔵は歩きながら、漢詩を吟《ぎん》じた。

昨日東楼に酔ふ
還《また》、応《まさ》に接りを倒にすべし
阿誰か扶けて馬に上ぼせし
省せ不　楼を下るの時を

「なんだい、それは」

「李白《りはく》の詩ですよ。昨日、東の楼で酔った。いつものように帽子を逆にかぶってしまった。誰が助けて馬に乗せてくれたのやら。楼をくだるときのことはまるで覚えていないってね。昨日の新九郎さんは、こんな感じだったのでは」

「そうだね。どうやって帰ってきたのか、覚えていないよ」

李白は唐の有名な詩人だ。その男が呑んだらすべて忘れてしまうと言うのであるから、誰でも酔っ払ったら、変わりがないということであろう。

「今日のところは、真面目に働こうかね」

「よろしくお願いしますよ」

新九郎は菊蔵を伴って、吉田町の裏長屋に入る。

怒鳴り声が響いてきた。金を返せとか、駄目だったら子どもを売り飛ばせという罵倒が絶えることなく続く。

長屋に沿って、新九郎が奥に入ると、派手な着物の男が戸口の前で吠えていた。三人で、ひとりは長脇差を差している。

「あれは」

「蔵前の小梅組《こうめぐみ》だね。川向こうの連中が出てくるとはね」

新九郎は男たちに近づいた。

「ちょっと。そこの男に手を出さないでくれ。いろいろと困る」

「なんだと」

中央の男が目をむいた。口を開くが、言葉が出るよりも先に新九郎が先を続ける。

「わかっている。あんたら、小梅組の者だろ。悪いけれど、取り立てはこっちが先だよ。そうだねえ、二か月か、三か月ばかり待ってくんな」

「ふざけるな」

男が凄むと、かたわらで菊蔵が笑った。

「いいですね。やっちまいましょう、旦那」

「おまえは黙ってな」

新九郎は間合いを詰めて、肩の棒を手に取った。

「私は、入江町の和田新九郎。やってもいいけれど、ここで騒動を起こすと面倒でねえ。それは、あんたらも、あんたらの親分も望んでいないはず」

新九郎は、さりげなく戸口と男たちの間に入った。

「聞いたことがあるよ。小梅組は親分の薫陶《くんとう》が行き届いていて、子分たちがしっかりしているって。他の組ならば手を引いてしまう武家との面倒事にもかかわって、最後まで投げずに、みなの顔が立つよう手を尽くすんだろう。ほら、両国橋の西で御家人が斬りつけた件、あれもあんたらがいたから大事にならずに済んだ。感心だねえ。私も口車には自信があるが、なかなかそこまではできないよ」

「あんた、本所の口車か」

「おっ。知ってくれているのか。嬉しいねえ。さすがは小梅組の若い衆。頭もしっかりしているねえ」

褒められて、三人の口元には笑みが浮かんでいた。

こうなればしめたもので、新九郎は美辞麗句《びじれいく》を交えて話しあい、渡世人をうまく裏長屋から追いだした。もちろん無理やりではなく、路地に戻るときの三人には笑いがあった。

「旦那、すごいですねえ。あれが口車ですか」

「たいしたことはないよ。向こうも本気じゃなかったからね。こっちが借金の肩代わりすることも匂わせたし。さて、本番に入ろうか」

新九郎が戸を叩くと、青い顔をした職人が顔を見せた。目の下には隈があり、頬の肉も削ぎ落ちている。

「信吉《しんきち》だね。では、借金の件、話をしようか」

「は、はい」

「女房、子どももいるくせに、無理をするんじゃないよ。ほかのところにも金を借りているようだが、いったい、どれぐらいになるんだ」

「そ、それは」

「正直に話してくれないと、こっちも手を貸せない。そろそろ悪い虫を追い払っても、いいころじゃないかね」

信吉はうなだれて、ぼそぼそと借金について語りはじめた。その様子を、菊蔵はじっと見つめていた。

三

その後、しばらくの間、菊蔵は新九郎とともに本所をまわった。だが、その結果は、彼の希望とは大きく離れていた。

「いや、旦那がすごいのはわかるんですがねえ」

菊蔵は小さく息を吐いた。

今日、ふたりは、喧嘩の仲裁のため、最勝寺門前まで出向いていた。

香具師《やし》と御家人がやりあい、それがいつまでもおさまらず、騒動は大きくなる一方だったところに、最勝寺の住職から話があって、五郎太の名代《みょうだい》として新九郎が赴くことになった。

うまく話をまとめることができたが、睨みあいの時間も長かったので、ひどく疲れた。

「また本所の御家人が騒ぎましたね。いいかげんにしてほしいところで」

「本当に多いねえ」

今年に入ってから、武家の争いが目立っている。御家人や旗本の喧嘩におさまらず、町人に手を出すことも増えていて困っていた。

本所の旗本や御家人は小身のうえに、出世から外れた者が多く、いつでも荒《すさ》んだ空気をまき散らしている。武藤惣三郎のように、町民に威張り散らすだけの馬鹿も多い。ようするに、吹きだまりだ。

「前は、もう少し落ち着いていたんだけど」

「この十日で三件ですからね。御家人同士の争いも多いし、困ったものです」

菊蔵は顔をしかめた。

「それにしても、旦那、もう少し刃傷沙汰にしていただかないと。これじゃあ、戯作も盛りあがらない」

「あんなもの、軽々しく振りまわしてどうするね」

「そうは言っても、この間だって深川で出入りがあったじゃないですか。あんな感じで、ぱぱっとできないんですか」

「血を流しての喧嘩なんて、子どものやることだよ。大人は話しあいで片づけるのさ」

新九郎は、何度か揉め事に口をはさんだが、すべて相対《あいたい》で解決した。ときには、いきりたっている相手と鉢合《はちあ》わせすることもあったが、新九郎の名前を出すと、たいていおとなしくなった。

去年、深川と争ったとき、矢面《やおもて》に立ったのが効いているようで、喧嘩になる前にたいてい引きさがる。新九郎は苦労しなくて助かったが、菊蔵には不満なようだった。

「なあ、なんでおまえさんは、やくざ者の荒事にこだわるのさ」

新九郎は、北堀割を越えたところで訊ねた。

「喧嘩なんて、あちこちでやっている。それを見て書けば、それなりの形になるだろう。本物のやくざ者がやりあわなくてもよかろうて」

「そうなんですが、やはり本物には負けるかなと。あまり嘘はつきたくないんで」

「戯作だろう。あれは嘘の塊《かたまり》じゃないか」

「そうなんですが」

菊蔵はそこで頭をさげた。

「すみません。あっしはこれで」

足早に立ち去って、人影は武家屋敷の合間に消えた。

新九郎はしばしその様子を見ていたが、やがて菊蔵のあとを追うようにして、路地に入った。追いつくまで、さして時はかからなかった。

菊蔵は、武家屋敷を抜けて、石原町に入っていた。

石原町は入堀であったところを埋めたてて作った町屋で、いまでも大川からの堀が町の南に広がっている。低地で雨が降ると、水が出て、長屋が浸水することで知られ、今年も大川に近い町の一角が被害を受けた。

菊蔵が入ったのは武家屋敷の裏手に広がる一角で、せまい路地を抜けて、長屋の奥まで行くと、声をかけた。

すぐに子どもと、その母親らしき女が姿を見せた。子どもが飛びついてくると、菊蔵は懐から黄表紙を取りだして渡す。子どもが首を振ると、菊蔵は母親に話をしてから子どもの手を取り、長屋から連れだした。

姿が消えたのを見て、新九郎は女に声をかけた。

「もし。おぬし、菊蔵の連れあいか」

いきなり声をかけられて、女の肩は大きく震えた。

「あ、あの」

「すまぬ。驚かせてしまったな。私は菊蔵の知りあいで、和田新九郎という。たまたま姿を見かけたので、つい気になってしまってな」

「いいえ、こちらこそ失礼を」

女は頭をさげて、おくにと名乗った。

「連れあいなんて、とんでもありません。いつも菊蔵さんには、世話になっていて……」

「先刻、連れていったのは、おぬしの子どもか」

「はい。作太《さくた》と申します」

菊蔵とは、彼女が吉岡町に住んでいたときに知りあったらしい。家が隣同士で行き来もあったので、貸本屋を営んでいた菊蔵から、たまに黄表紙や錦絵を見せてもらっていた。

「引っ越してからも気にして、様子を見にきてくださって。今日も黄表紙を作太に貸すつもりだったのですが、まだ、あの子、字がよく読めないので、ならば読み聞かせようということで、大川端に連れていったんです」

「よくあることなのか」

「本当に世話になりっぱなしで」

おくにの顔には、疲れの色が濃かった。化粧気はなく、肌はひどく乾いている。まだ二十代であろうに、十は年上に見える。

新九郎は、巧みにおくにの口から事情を訊きだした。

「そうか。作太は任侠が好きなのか」

「菊蔵さんから読み聞かせてもらっているうちに、そういう人たちに憧れを持つようになりまして。話をせがんでいるのですが、菊蔵さんも困っているようで」

「渡世人を好きになってもなあ」

道を外した生き方をされても困る。そんなに気持ちのよいものではない。むしろ、行き場をなくした者が、最後にたどり着く場という印象がある。

酒と博打に呑まれて命を散らす者も数多く、新九郎は何度となく、憐れな最期を見てきた。

派手に暴れまわる世界に憧れを持っても、あまりよいことはない。人は落ち着いた人生を歩むべきだ。

新九郎は、おくにに彼のことを言わぬように頼んで、その場を離れた。

ただ、立ち去ることはせず、裏木戸から様子を見る。

四半刻もすると、菊蔵と作太は帰ってきた。子どもの顔が興奮で赤かったのに対して、菊蔵の表情は青を通り越して黒かった。おくにが気にしているのが遠くから見てもわかるほどで、菊蔵は少しふたりと話をすると、長屋から出ていった。

見送ったのは作太で、大通りに出て菊蔵の姿が見えなくなるまで立っていた。

頃合いを見計らって、新九郎は声をかけた。

「おぬし、おくにの子か」

声をかけられて、作太は驚いたようだったが、新九郎が笑みを浮かべ、優しい言葉をいくつかかけると、気をゆるめた。

「うん。そうだよ。おじさんは、誰」

「おじさんはひどいな。私は和田新九郎。菊蔵の知りあいだよ」

「そうなんだ」

作太はじっと新九郎を見た。

「おじさんは、渡世人なの」

「どうして、そう思う」

「変な格好をしているから。女物の派手な羽織を着て、棒を持っているじゃないのさ」

「それだけで決めつけられるのは厳しいが、間違っていないな。ちょっとばかり荒っぽいことを生業《なりわい》にしている」

「うわ、いいなあ。羨ましい。ねえ、どんなことをしているのさ。聞かせてよ」

作太が目を輝かせて訊ねてきたので、新九郎は深川との戦いについて語った。肝心なところは伏せたが、三ツ目之橋の大立ちまわりや、法恩寺付近での出入りについては、細かく話して聞かせた。

少しだけ自慢したい気持ちが、新九郎にはあったのかもしれない。

「すごいや。おじさんは強いんだね」

「悪いが、おじさんはやめてくれ。ぐっと老けた気持ちになる」

「じゃあ、新九郎さん。悪い奴を叩いてやっつけちゃうなんてすごいや」

作太は、刀を握って振りまわすそぶりを見せた。

「いいなあ。おいらも自分の力で戦いたい」

「なぜだ。強いのを自慢したいのか」

「違うよ。母ちゃんを守りたいんだ」

作太は息を吐きだすと、小石を蹴飛ばした。

「うちの母ちゃん、ここのところ具合が悪そうなのに、働きに行って、いつも疲れた顔で帰ってくるんだ。大丈夫って言っているけれど、たまに熱を出して動けなくなることもあるんだよ。おいらがしっかりしていれば、そんなことにはならないのに。悔しいよ」

「しっかりしているんだな、おまえは」

「それに変な連中がつきまとってきて、それを追い払うのも大変そうで」

「誰だ、そいつらは」

「わからない」

「父ちゃんはどこへ行った」

「わからない。勝手に出ていった」

作太は路地を見つめる。その先には、彼らの住み処がある。

「だから、おいらが母ちゃんを守るんだ。やくざ者になって、強くなって、誰からも手出しされないようにする。いい家に住まわせて、のんびりさせてやるんだ」

「強くなりたいなら、剣術を習ってもよかろう」

「そんなお金ないよ。それに、お侍にいじめられるのも嫌だし」

作太は新九郎を見あげた。

「新九郎さん、おいらを弟子にしてくれよ。きっと役に立つからさ」

「もう少し大きくなってからな」

新九郎が笑って頭を撫でると、作太は頰を膨らませた。

「みな、そう言うんだ。大きくなってからって。ひどいよ」

別段、やくざ者にならずとも、母親を守っていく方法はある。作太がこのまままっすぐ育てば、かならず誰かが手を貸してくれる。

自分たちのように、大きく道を外す必要なく、日のあたる道を歩いていけばいいだろう。

新九郎はもう一度、頭を撫でると、作太から離れた。背後から視線を感じたが、あえて振りかえることはなく、ゆっくり角を曲がる。

風が吹く。夏の暑さは消え去り、どこか寂しさを感じる空気が、ゆるやかに彼の身体を包んだ。

四

「今日は、荒っぽいことになるよ。業平《なりひら》で悪さしている連中を叩くからね」

新九郎は、かたわらの菊蔵に語りかけた。ふたりは肩を並べて、横川を北にのぼっているところだった。

「上州あたりから流れてきたらしい。これ以上、本所で大きい顔はさせられないからね」

「望むところですよ。でも、急にどうしたんですか」

「本物の剣戟を見せてやろうと思ったんだよ。あの子のためにね」

新九郎に言われて、菊蔵は目を大きく開いた。

「知っていたんですか」

「悪いが、あとをつけさせてもらった。裏があるように思えたからね」

「そいつは、気づきませんでした」

「おまえが戯作云々《うんぬん》を言うのは、作太のためだろう。あの子におもしろい話を聞かせるために、やくざ者のことを調べていた。違うかい」

「いえ、まったくもって、そのとおりで。お見それしました」

菊蔵は笑って頭をさげた。

だが、それは一瞬で、すぐにその表情は強張《こわば》ってしまう。

「あいつは可哀相な奴なんですよ。親の都合で、住むところが何度も変わって、そのたびに仲良くなった子たちと別れて。ひとりで過ごすことが多くて、寂しいのに、それを表に出さずに、母ちゃんを守るとか言ってます。まだ遊びたい盛りなのに」

「父親はどうした。出ていったと言ったが」

「胴元の女に手を出し、あげくの果てに家の金をすべて持って、どこかに消えちまいましたよ。三年前のことです」

「ひどい話だ」

「まったくで」

菊蔵は首を振った。

「おくにさんは、有名な飾り職人の娘でしてね、好いた男がいて所帯を持つことが決まっていたんですよ。そこに作太の父親が割って入って、爺さんを丸めこんで、おくにさんを奪い取ったんです。泣いて嫌がったって話だったが、どうにもなりませんで。しばらくはおとなしくしていたんですが」

「おくにさんの親父さんが亡くなったあたりから、本性が出たと」

「そのとおりで。ちょうど作太が生まれたころで、乳飲み子を抱えて、おくにさんはもう大変だったようです。平気で赤子も殴る畜生で、いつでも痣《あざ》をこさえていたって、そのころを知っている奴は言っていましたよ。転々と家を変えているのも男のせいで、いまだに胴元の手下がつきまとっているようです。おかげで、満足な仕事にもつけねえし、作太の奉公先も決まらないで」

「商人にするつもりなのか」

「おくにさんはその気ですが、作太が聞きませんや。渡世人になるって」

胴元から母親を守るには、力に頼るしかないと思ったのか。あんな子どもが。

　新九郎の胸は痛んだ。

「あまりにも可哀相なんで、差し障《さわ》りのない黄表紙を読み聞かせてやっていたんですが、そうしたら、もっとおもしろい話はないかとせがまれてしまいましてね。大人の読み物を、そのまま持ってくるわけにはいきませんから」

「手ずから書いたと。面倒見がいいねえ。おう、それとも、狙いは母親かい」

「そんな、おくにさんとあっしじゃ、釣りあいませんや」

菊蔵は顔をそむけた。赤く染まった頰から、その気があるのはあきらかだった。子どもが先か、母親が先か、それはわからない。ただ、思いを伝えることで、ふたりが幸せになるならそれでかまわない。

「変な奴らがつきまとっているから、住み処を探すのも大変で。相模屋《さがみや》のご主人が間に入ってくれて、ようやくなんとかなったんですよ」

「相模屋っていうと、あの廻船問屋の」

「ええ。たまたま、あっしが出入りしていて。話を聞いて、助け船を出してくれたんです。ありがたいかぎりですよ」

相模屋の主は権兵衛《ごんべえ》といい、横川沿いに屋敷をかまえる商人だ。北前船で莫大な財を成したが、偉ぶったところはいっさいなく、供も連れずに町へ出て、屋台で寿司や天麩羅を食べる。町を行く職人や棒手振りにも気さくに声をかけ、困っている者がいれば、じっくり話を聞く。

貧しい町民を手助けすることでも知られていて、日々、炊きだしや長屋の斡旋をおこなっていた。

文字どおり、本所の町に溶けこんでおり、それがわかっているから、本所の民で彼のことを悪く言う者はいなかった。

相模屋の世話になったのであれば、それだけ、あの親子は追いつめられていたということか。むしろ、助けてもらって幸運だったと言えよう。

不幸の連鎖に縛られるのは、あまりにも不憫《ふびん》だ。

「さて、仕事にかかるか。格好よく書いてくれ」

「もちろんでさあ」

ふたりは業平橋に達すると、左に曲がって、延命寺《えんめいじ》の裏手にまわった。

延命寺は三囲神社の別当《べっとう》であり、門前に茶屋や料理屋が並び、参拝客で賑わっている。最近ではその売り上げを狙って、質の悪い連中が暗躍しており、刃傷沙汰になることも珍しくなかった。

話しあいを求めて使いを送ったが、殴られて追い返される始末であり、新九郎は実力行使に出る決断をくだした。

寺領に貼りつくような形で、小屋が建っており、そこがならず者の本拠地だ。

新九郎は小屋に近づくと、声を張りあげた。

「寺の門前で悪さをする馬鹿者。叩きのめしてやるから出ておいで」

すぐに戸が開いて、目つきの悪い男が姿を見せた。五人で、手には木刀や脇差がある。

「見るからに悪そうな連中だね。さっさと片づけよう」

新九郎は肩に乗せていた棒を握り直すと、ごろつきとの間合いを詰めた。

最初の一撃で右の男を倒し、そのまま棒を一回転させて、左端の男を叩く。

ふたりが崩れたところで、さらに半歩さがって、攻めてきた男の腹を突く。

うめき声をあげて、ごろつきが倒れる。

「てめえ！」

木刀がうなりをあげ、新九郎の腕を狙う。

その先端を軽く弾いて、右の肩に強烈な一撃を振りおろす。

骨の砕ける音がして、男は膝をついた。

「たわいのない。よくも、こんなので」

「うわっ。新九郎の旦那」

目線を飛ばすと、菊蔵が惣髪の男に狙われていた。脇差で横から斬りつけられて、きわどいところでさがってかわす。

「弱い者いじめはよくないよ」

新九郎は左へ飛んで、男の脇腹に棒を叩きつけた。

体重の乗った一撃に、惣髪の男は苦悶する。それでも、新九郎を睨みつけ、悲鳴に似た咆哮をあげて斬りつけてきた。

切っ先が襟元をつらぬく寸前、新九郎は横に飛ぶと、左手で小刀を取りだして、相手の頬を斬り裂いた。

男は転げまわって叫んだ。

「おおげさな。たいしたことはないくせに」

「すごいですね、旦那。その剣。見事な切れ味で」

「ああ、もらい物だけど、品物はいいようだ」

さすがは、流星剣といったところか。

将軍家斉からもらった、剣次郎やかすみと同じ刀だが、柄の紋様は口を押さえた言わ猿《いわざる》になっていた。さながら新九郎の口車を皮肉っているようで、それを見るたびに微妙な気持ちになる。

「どうだい。格好よく書けそうか」

「いえ、それが動きが速すぎて、わからないところだらけで。もう一回、やっちゃくれませんかね」

「ずうずうしいね、おまえ……」

「まあ、それが……」

そこで、菊蔵は激しく咳きこんだ。

袖で口を押さえるも、喉の奥に大きななにかが突っこまれたかのようで、いつまで経っても止まらない。

「どうした」

「大丈夫でさあ」

菊蔵は応じるが、咳は止まらない。落ち着くまでには、長い時間を要した。

「すみません。ご迷惑をおかけした」

「いいんだが、どうしたんだよ」

「ちょっと具合が悪いだけですよ。たいしたことはありませんや」

新九郎は、菊蔵の着物を見て息を呑む。

「たいしたことないって、それは……」

袖は赤黒く染まっていた。

五

新九郎の姿を見ると、作太は笑顔で手をあげて駆け寄ってきた。

「今日も来てくれたの」

「ああ。続きを持ってきてやったぞ。

「今回は多めだ」

「やった。楽しみにしていたんだよね」

新九郎は井戸端に座ると、懐からできたての原稿を取りだした。

渡世人が悪党と戦う場面だった。

義理と人情の板ばさみに遭って、渡世人は恩人を裏切る形になってしまい、ひとりで戦いの場にのぞんでいた。頼りになるのは、右手に握る忠吉《ただよし》の長刀だけ。まわりを取り囲むのは十人。厳しい戦いだ。

だが、渡世人は怯《ひる》まず、悪党に戦いを挑む。ふたり、三人と倒したところで、横から矢が飛んできた。敵の援軍で、渡世人はさらに不利な立場に陥《おちい》った。ついには、敵の刃が腕を切り裂く。

渡世人が痛みに耐えてさがる場面で、物語は終わっていた。

新九郎が話を終えると、まわりから、ほうと息をつく声が響いた。いつしか長屋の住民が、彼を取り囲んで話を聞いていた。

「続きは。ねえ、続きはどうなるの」

作太がせがむと、新九郎は苦い笑みを浮かべた。

「さあ。菊蔵が書いてくれないとわからんなあ」

「いつ書いてくれるの」

「懸命に頭をひねっているところさ。半月もすればできるだろう」

「そんなにかかるんだ。でも楽しみだなあ」

作太は笑い、長屋の住民も同じようにうなずいた。

あの日から、菊蔵は家にこもって戯作を書きはじめた。自分の眼で見たものをできるだけ活かしたいと言いきり、仕事も休んで作業を続けた。

完成した原稿を届けるのは、新九郎の役目だった。

菊蔵の物語を、作太は目を輝かせて聞いていた。話が終わると、自分が登場人物になったかのように、刀を振りまわす仕草をすることもある。

彼に読み聞かせているうちに、長屋の住民も話を聞くようになり、いつしか観客は十人を超えていた。

「それにしても、なんで菊蔵さんは来ないの。おいら、会いたいよ」

「仕事が忙しくてな。両方は無理だ」

「菊蔵さんは優しくて、いつも笑って、おいらの話を聞いてくれるんだ。大川端まで連れていってくれて、船を見ながら、大川の先に広がる海の話をしてくれた。

遠くまでつながっていて、おいらも見てみたいって言ったら、いつか連れていってやるって約束してくれたんだ」

「そうか」

「飴《あめ》が食べたいって言ったら、今度、一緒に食べにいこうって誘ってくれて」

「そうか」

「母ちゃんも会いたがっている。そんなに忙しいのかなあ」

「そのうち来るさ。いまは、こいつを仕上げるので精一杯だ」

「ちょっとぐらい休んでもいいのに。おいらは菊蔵さんと話をしたいよ」

「伝えておくよ。それじゃあな」

新九郎は表情を消して作太から離れると、その足で、菊蔵の住み処へ向かった。

緑町二丁目の裏長屋に到着したときには、正午を過ぎていた。新九郎が戸を叩くと、かなり時が経ってから、菊蔵が姿を見せた。

顔は黒く、ひどく目はくぼんでいた。首や胸の肉は落ち、ひどく瘦せているのがわかる。

新九郎が買ってきた鰻《うなぎ》を突きだすと、菊蔵は顔をしかめた。

「旦那、いまは秋ですぜ。鰻はもっと暑い盛りに食うものじゃないですか」

「本当にうまいのは、いまの時季だよ。きちんと精をつけな」

礼を言って菊蔵は受け取ったが、すぐに手をつけようとはしなかった。

新九郎は板間に腰かけて、積みあげた紙の束に目をやった。

「まだ書いているのか」

「はい。癖《くせ》になってしまって、手を動かさないと落ち着かないんですよ。それで、今日はどうでした」

「喜んでいたよ。次を急《せ》かされて大変だった」

「そいつはなによりで。できるだけ早く書きあげますよ」

「会ってやらないのか。作太は待っていたぞ」

「行きますよ。具合がよくなったらね」

乾いた声には、心がこもっていなかった。

延命寺の裏手で血を吐いて以来、菊蔵の体調は悪くなる一方だった。たびたび熱を出し、咳が続く日も増えた。行商に出かけても、得意先をまわることができず、途中で帰ることも多かった。

ここ数日は、ろくに食事も取っていない。

目がひどく浮きあがり、頬の肉も落ちている。

病気で身を持ち崩す男は、何人も見ている。一度、歯止めがなくなると、最後の瞬間まで具合は悪くなる一方だ。間違いなく、菊蔵は悪い方向に引っ張られている。

「医者に診てもらったらどうだ」

「大丈夫ですよ。自分のことは自分が、いちばんよくわかっています」

菊蔵は息をついた。

「若いころに、さんざん無茶をしましたからね。そのツケがまわってきたんですよ」

「上野でさんざんに暴れまわっていたらしいね」

「よく知ってますね。誰から聞きました」

「川崎屋の女手代だよ。どこかで話を聞きつけたらしい」

「あの娘ですか。地獄耳の異名は伊達《だて》じゃないな」

菊蔵はかたわらの茶碗を手に取った。空だったので、新九郎が鉄瓶の水を注ぐと、うまそうに飲み干した。

「この間、作太の親父について説教くさいことを言いましたが、あっしも同じなんですよ。ちゃんとしていれば、女房子どもは死なずに済んだ」

菊蔵は、若いころ、書肆《しょし》の番頭を勤めていたと語った。江戸でも有名な店で、大名とのつながりもあり、彼は店主の代わりに出入りして書籍の手配をしていた。ほとんどが漢籍で、黄表紙のような庶民が読む書はあまり扱っていなかった。

「門前の小僧なんとやらで、論語《ろんご》や孟子《もうし》を読んでいい気になって、なにも知らない武家を馬鹿にしていましたよ。店の小僧にも説教をかます始末で、嫌われるのはあっしができる男だからと信じて疑っていませんでした」

店で喧嘩して、ついには店主から説教されて、菊蔵は崩れた。博打や女遊びにうつつを抜かす毎日で、半月も家に戻らない日々が続いた。

「女房や子どもを泣かしていい気なものですよ。まあ、半分、渡世人のような暮らしでしたね。貸本屋に押しかけては、本に難癖をつけて金を奪っていましたから。ひどいものでしたよ」

「落ち着いたのは、いつだ」

「十年ぐらい前ですね。後ろから若いごろつきに斬られまして、さすがに駄目だと思ったときに、昔の仲間が声をかけてくれまして。行商の貸本屋をはじめました。前の店主にも頭をさげてね」

「そうか」

「女房と子どもも探しましたよ」

　菊蔵が荒れた生活をしている最中、家族は家を出た。そのときは腹が立ったので放っておいたが、ようやく生活が落ち着いて、借金の片もついたころ、あらためて彼らを探した。だが、届いたのは哀しい知らせだった。

「死んでいたか」

「ふたりともあっさりと。先に死んだのは子どもで、流行病《はやりやまい》にやられたようです。それから一年としないうちに女房も。もう生きる気がなくなっていて、ひどい生活をしていたとのことでした。そもそも家を出たときから、ふたりはひもじい思いを続けていて、腹一杯に食べることもできないまま……」

　菊蔵は顔をおさえた。その肩が細かく震える。

「あっしがしっかりしていれば、そんなことにはならなかった。子どもも大きくなって、今頃はどこぞの娘と幸せに暮らしていたかもしれねえ。それをあっしがへし折ってしまって」

「菊蔵」

「子どもには、飴を食べにいきたいってせがまれていたんです。そのうちなって言っているうちに別れてしまって。馬鹿でした。なぜ、あんなことをしたのか」

手の隙間から、涙がこぼれ落ちた。板間を濡らすが、気にした様子はない。

新九郎は、菊蔵の肩に手を置いた。

「すみません。情けねえところを見せてしまって」

「いいんだよ。おまえさんも苦労したね」

「とんでもねえ。悪いのはあっしで。わがままでなければ、あんなことには」

菊蔵は大きく息を吸い、天井を見あげた。手ぬぐいで涙をぬぐうと、青黒い顔を新九郎に向けた。

「情けねえついでに、もうひとつ。作太のことでさあ。あいつと出会ったのは、半年ばかり前のことだったんですが、見た瞬間、足が止まりました。うちの子どもにそっくりだったんですよ。背格好もしゃべり方も。生き返ったのかと思ったぐらいで、つい声をかけちまいました」

せがんでくるときの顔が息子そのままで、その表情が見たくて、つい言うことを聞いてしまったと菊蔵は語った。

「罪滅ぼしなんでしょうかねえ。自分の子にしてやれなかったことをやって、ちょっとでも罪が軽くなると思っているんですかねえ」

「人はどうして簡単に不幸になってしまうんですかね。あの子たちは、ちっとも悪くないのに」

「どうだろうね」

歯止めが外れると、人は不幸の坂を転げ落ちる。あまりの速さに、立て直す間はなく、気がついたときには底辺だ。

作太もおくにも、つまらぬ亭主のおかげで、落ちるところまで落ちてしまった。

彼らの幸福はどこにあるのか。

「いまのあっしにできることは、あいつを楽しませてやることぐらいですよ」

菊蔵は紙の束を取った。

「だから、こいつだけはきっちり書きあげます。あいつの望む形でね」

声はひどく低く、周囲は静寂に包まれていたのに、聞き取るのが難しいぐらいだった。

新九郎は嫌な予感に襲われたが、なにも言えないまま菊蔵を見ていた。

六

菊蔵は、その後も戯作を書き続けた。体調は悪くなる一方で、筆を執るのもつらそうであったが、やめることはなかった。少ない枚数を書いては、新九郎に渡して、作太に届けるように頼んだ。

言われるがままに、新九郎は話を読み聞かせた。

作太は楽しんでいたが、話が終わってしまうと、しきりと菊蔵に会いたがった。

「ねえ、おじさんはどうして来ないの。会いたいよ」

新九郎の腕をつかんでせがむ姿には、切迫感があった。

おくにも気にしているようで、挨拶に行きたいと語ったが、新九郎は断った。

菊蔵の住み処を教えることもせず、ただ話ができあがったとき、届ける役目に徹した。

戯作は順調に仕上がり、いよいよ最後の戦いに差しかかった。

だが、そこで菊蔵の筆は、ぴたりと止まってしまった。

「幕引きをどうしていいのかわからないんですよ」

訪ねてきた新九郎に、菊蔵は寝床で横になったまま応じた。

顔の肉は落ちきって、さながら骨に皮が貼りついているかのようだ。手足も異様に細くて、着物が浮きあがって見えるほどだ。話を聞けば、三日もなにも食べていないという。

具合は相当に悪かったが、それでも菊蔵は書くのを辞めていなかった。

「悪党どもと戦って勝つ。それはいいんですよ。わからないのはそのあとで。このままやくざ者となって、ひとり江戸から出て旅をするのか。それとも、長脇差を捨てて、江戸の片隅で、好いた女と静かに暮らしていくのか。見えてこないんですよ」

菊蔵は半身を起こしたが、その動きはひどく遅かった。

「作太の願いどおりなら、渡世人として生きていくのはあたりまえで、そのようにするつもりだったんですが、どうしてもできなくて。なぜ、こうなるのか。あいつの望むようにしてやりたいのに」

「焦っているからだ。休んで、じっくり考えろ」

新九郎は、菊蔵の肩を押して寝かした。その身体は異様に軽かった。

「そんなゆとりはないんですよ。作太だって楽しみにしているし」

「それはいい。まずは、自分の身体をなんとかしろ。食べるものを食べて元気になったら、作太に会いにいってやれ。待っている」

うつむく菊蔵に、新九郎はなおも語りかける。

「わかっていないのかもしれないが、あの子はおまえの戯作が聞きたくて待っているわけじゃない。おまえに会いたいんだよ。おまえのことが好きで、直に会って話がしたいんだよ。物語なんて、どうでもいいんだ」

「旦那……」

「だから、身体を治して会いにいけ。いや、なんだったら、いますぐでもいい。作太を哀しませるな」

菊蔵は新九郎の話を聞いていたが、やがて、ゆっくり首を振った。

「いや、できねえ。それは許されねえんですよ」

「なぜだ。おぬしを待っているのに」

「あっしが子どもに好かれるなんて、あっちゃいけねえんですよ」

菊蔵は、女房と息子が出ていったあと、一度だけ、その行方について噂話を聞いたと語った。どこぞの古物商の男が、女房に声をかけていると。

気が立っていた菊蔵は、仲間に、古物商に脅しをかけるように言った。その結果がどうなったのかはよくわからないが、ふたりの仲が深まらなかったのは、たしかだった。

「あのとき、せめて放っておけば、ふたりとも幸せになれたかもしれねえのに。あっしは本当に人の屑《くず》なんですよ」

「そんな言い方はよせ」

「繕《つくろ》ったって人の根っ子は変わりませんよ。本当だったら、作太と付き合うことだって許されないのに、だから、これ以上は駄目なんです。あっしにできることは、書きあげることだけで」

菊蔵は半身を起こすと、筆を手に取った。だが、紙の束を目の前にしたところで、動きが止まってしまう。

「渡世人が格好よく旅立つ姿を書きたいのに、できねえ。どうしても」

うなだれると、それに引っ張られたかのように、菊蔵は激しく咳きこんだ。新九郎は背中をさすって、呼吸が整うように手を貸す。

「今日は休め」

「旦那、すみませんが手伝ってもらえませんか。あっしひとりではもう……」

「わかった。いくらでもやってやる。だから、もう動くな」

新九郎は無理に菊蔵を寝かせると、長屋から出た。

表情の悪さから見て、無理をさせれば、最悪の事態に陥る。このまま、彼の望みを叶えさせるのが本当によいのか。

大きく首を振ったところで、新九郎は気配を感じた。顔を向けると、見慣れたふたりが彼に顔を向けていた。

「すまねえな。取りこみ中のところを」

「いいですよ。ふたりがそろって、どうしました」

剣次郎とかすみは、並んで歩み寄ってきた。

「いや、こいつが嫌な話を聞きつけたんでな。おまえさんにも伝えておこうと思って」

「こいつ呼ばわりされる覚えは、ありませんけれどね」

かすみは腕を組んで、新九郎に顔を向けた。

「あのさ。あんた、石原町に住む親子と仲がいいよね。母親と男の子の」

「ああ、よく会っているが、どうかしたのかい」

「あの子たち、やばいよ」

かすみがかいつまんで説明すると、新九郎は強く棒を握りしめた。

血が沸騰するのがわかる。そんなことがあっていいのか。

「俺も調べてみたが、間違いねえ。仲がいいって聞いたんでな、おまえにも話を通しておこうと思って」

「ありがとうございます。おかげで助かりましたよ」

猛烈に腹が立つ。あまりにも怒りが大きかったので、かえって怒鳴り散らさずに済んだ。

新九郎は表情を変えずに、一礼して立ち去る。

背後からふたりの視線を感じていたが、気にするそぶりは見せなかった。

七

石原町の路地に、三人の男が姿を見せた。

時刻は七つ半。日が暮れる寸前に現れると聞いていたが、間違いはなかったようだ。酒くさい息を吐きながら、おくにの長屋に向かう。

新九郎は井戸の陰から姿を現し、三人の前に立った。

「なんだ、おまえは」

市松文の男が語りかけてきた。惣髪で、目つきはひどく悪い。堅気でないことがひと目でわかる。

「おまえさんの邪魔をしにきた。悪いがそこの親子はいないよ。出かけている」

「なんだと」

「ここのところ、さんざん強請《ゆす》りに来ているようだね。せっかく、暮らしが落着いたっていうのに、よくやるよ」

新九郎は三人のうち、もっとも右に立った男を見た。こめかみに深い傷がある。

「おまえさんだね。おくにの元亭主っていうのは。玉介《たますけ》とかいったか。いつまでつきまとうつもりだよ」

「うるせえな。俺がなにをしようが勝手だろうが。だいいち、俺はまだ別れたつもりはねえよ」

「家を出てから、何年経っているのさ。金をたかりにきて亭主面とは。閻魔さまも舌を巻く大悪党だね」

あのとき、かすみは、おくにの元亭主が石原町の長屋に現れ、ふたりを脅していると告げた。

知りあいの行商が同じ長屋に住んでいて、その光景を見たようだ。

じつのところ、その行商は新九郎も同じ一味だと思っていたらしく、その姿格好をかすみに伝えた。そこで事情がわかって、かすみは剣次郎に話をして、新九郎に話をしにきたのである。

新九郎は懸命に怒りをおさえ、いままで玉介が姿を現すのを待っていた。

「そこのふたりは、本所の者じゃないね」

新九郎は、玉介以外のふたりを睨みつけた。

「訛りを聞くかぎりでは、生まれは上州のようだが、どうなんだい」

ふたりは顔をゆがめた。

玉介が上州の渡世人と手を組んでいたことは、すでにつかんでいた。どこで知りあったのかはよくわからない。ただ、おくにの金を狙っていたのはたしかで、作太が前に言っていた変な連中とかかわりがあるのだろう。

先だって、延命寺で新九郎が叩きのめした連中にも、上州訛りが混じっていた。

「苦労している親子に、よくもそんな外道なことを。ほら、行くよ」

「なんだ、おめえ」

「ほかにもいるんだろう。面倒くさいから、一気に片づけてやる」

新九郎が棒でつつくと、男たちは長屋の路地をさがった。

そのまま大川端に出て、北にあがっていく。秋葉神社の裏手に入るころには、日は西の地平に吸いこまれようとしていた。

「ここかい」

「ひとりでのこのこと。おい」

声をかけると、小屋から五人の男が出てきて、新九郎を取り囲んだ。いずれも強面《こわもて》で、目つきも堅気とは大きく異なっていた。

「なんでえ、こいつは」

「言いがかりをつけてきてよ。例の親子のところで」

「おまえの女房か。せっかく搾り取ってやろうと思ったのに……」

「ああ、よけいなことは言いなさるな。いいよ、かかってきな」

新九郎は棒を構えた。

「私は腹が立っているんだ。骨まで砕いてやるから覚悟しな」

ようやく暮らしが落ち着いてきたのに、なにが楽しくて、それを壊そうとするのか。

屑は叩き潰す。

「来ないなら、こっちから行くよ」

新九郎は神速で間合いを詰め、右端の男に棒を叩きこんだ。

首で鈍い音がして、男はその場に崩れる。返しの一撃で、今度は左に立つ男のみぞおちを狙う。

容赦のない一撃に、男は血を吐いて倒れる。

「おめえ」

いっせいに長脇差を抜いて、渡世人が襲いかかる。

数はそろっていても、動きはまるであっていない。隙だらけだ。

新九郎はあえて前に出て、中央の男を薙ぎ払う。

ついで横で刀を振りあげた渡世人の顔面を、力まかせにひと突きする。

悲鳴があがり、血飛沫が舞う。

残った四人がさがったところで、勝負は決していた。

新九郎は立て続けに三人を倒して、玉介の前に立った。

「……わ、わかった。もうおくにには手を出さない。約束する」

「信じられないねえ。どうせ、いままでも悪さをしてきたんだろう。一度は痛い目に遭いな」

「ふざけるな」

玉介は長脇差を振りあげた。

強烈な一撃が上段から来るが、新九郎は横に飛び退いてかわすと、棒を投げ捨て、懐から流星剣を取りだした。

なおも玉介が間合いを詰めてくるのを見て、逆に踏みこんで懐に入り、その耳を斬り飛ばす。

すさまじい斬撃に、玉介は耳をおさえて転げまわる。

新九郎はその腹を踏みつけると、戦いの場から離れた。

使いを出して渡世人の始末を頼んだあと、新九郎は菊蔵の長屋に向かった。

騒動の根っ子を断ち切ったことを知らせてやりたかった。知れば、安心して気を休めることができるだろう。

無茶もやめるかもしれない。養生《ようじょう》して執筆を続ければ、よいものが書ける。その前に、作太と会って話をしてもよい。

きっとよい時代が待っている。

新九郎は、期待で興奮しながら裏長屋にたどり着いた。戸口の前で声をかける。

返事はなかった。いつまで経っても姿を見せない。

戸を叩いても、まるで反応しない。

嫌な予感がして戸に手をかけると、すっと開いた。

あわてて家に飛びこむと、菊蔵が寝床で横たわっていた。手に原稿を持ちながら、優しい笑みを浮かべて。

新九郎は板間にあがって、その顔に触れる。

冷たい感触に、思わず膝をつく。

涙が出るまで、さして時はかからなかった。

八

「こうして男は本所の町外れで、静かに暮らしましたとさ。めでたしめでたし」

新九郎は語り終えると、作太に紙の束を渡した。

「いいの、これ」

「ああ。おまえにはまだ読めないだろうが、菊蔵の思いがこもっているからね。持っていてほしいんだよ」

「うん」

作太は、躊躇《ためら》いつつも紙の束を受け取った。

「お話、これで終わりなんだね」

「ああ」

「男の人は、渡世人になって旅に出なかったんだね。江戸で、母ちゃんやお嫁さんと暮らすことにしたんだ」

物語の最後で、男は悪党の集団と戦い、傷だらけになって勝利した。

その後、みずからがやくざ者であることを家族に明かし、彼らを守るために立ち去ろうとしたが、母親や妹、さらには彼を愛する女性の声を受けて、足を止めた。迷ったあげく、最後には江戸の町にとどまる決断をくだし、家族とともに本所に戻った。

男は、自分は間違っているのかもしれない、幸せになることは許されていないのかもしれない、と心の中で思っていた。それでも、人のぬくもりに身をゆだねることを選んだのである。

当初の構想とは違うだろう。しかし、菊蔵の思いがこもった終幕だった。

「どうだった」

「よかった」

「この先、関八州で暴れてほしかったんじゃないのか。強い奴が好きだったんだろう」

「いまでもそうだよ。だけど、この人は、江戸に残ってよかったと思う」

「なぜ、そう思う」

「よくわからない。ただ、心の底から待っている人がいるなら、その人のためにできることをするのは、とてもいいことだと思う。おいらだったらそうするな」

「ああ、そうだな」

作太は、物語を正面から受け入れた。暴れるだけでなく、なにかを守ることが強いと知った。それがわかっている以上、もう挫《くじ》けることはないだろう。

「それにしても、菊蔵のおじちゃん、旅に行っちゃうなんてずるいや。せめてひと声、かけてくれればよかったのに」

「急だったんだよ。私にも挨拶しなかったぐらいだから」

「どこへ行ったの」

「遠いところさ。海の彼方より、もっと離れたところさ」

息を呑む音がして、新九郎が振り向くと、おくにが口をおさえて立ち尽くしていた。強張《こわば》った表情から、なにがあったのか察したのだろう。

作太は交互にふたりを見る。彼にはなにがあったのか、まだわからない。

だが、それでいい。菊蔵もそれは望んでいない。

新九郎は、作太の頭を撫でた。

「飴を食べにいこうか。買ってきたぞ」

「ありがとう。でも、お母ちゃんに分けてあげたい」

「お母ちゃんの分は、別に買ってきたさ」

新九郎は、ふたつの包みを見せた。

「大川で船を見ながら、ゆっくり食べよう」

「わかった」

作太は先に立って走りだし、新九郎はゆっくりあとを追った。

息子と一緒に飴を食べる。それが菊蔵の夢だった。時が経てば、作太とともにうまいといいながら頬張ることができたであろうに。

せめて、その思いだけは受け継ごう。

新九郎は堀に沿って、大川に向かった。その頭上では、秋の太陽がやわらかい日射しを放っていた。

第三話　同心慕情

一

矢野剣次郎が表町の道場に足を向けたのは、単なる気まぐれからだった。

立冬を過ぎ、ちょうど菊の見頃を迎えたのを受けて、彼は北本所の松浦家下屋敷に赴いた。

屋敷には、前から仲のよい隠居が住んでおり、剣次郎は本所で起きた四方山話《よもやまばなし》を伝えていた。代わりに隠居からは、武家の内情を教えてもらい、本所で揉め事が起きたときに役立てていた。

隠居の話はおもしろく、ときには幽霊や河童といった、この世ならざる存在について語ることもあったが、剣次郎は楽しんで聞いていた。

その日は、本所を騒がせた盗人について語りあった。それが、もしやすると例の鼠小僧《ねずみこぞう》なのではという隠居に対して、剣次郎は異なる見立てを示した。手口が荒っぽく、町の大店を狙っているところが、これまでと違う。手代を殺したところも、鼠小僧らしくない。趣向が変わったことも考えられるが、ここは違う人物と見るのが正しいであろうと。

隠居は剣次郎の意見を受け入れつつも、身を隠していた時間が長かったことを重視し、ひとりではなく、複数で仕事をして、そのうちのひとりが悪さをしているのではないかと語った。

隠居との話は二刻にわたって続き、屋敷を出たときには八つ半を過ぎていた。非番で仕事がなかったにせよ、あまりにも話しすぎた。

その帰り道に、剣次郎は昔、世話になった道場のことを思いだした。

その道場には、剣術を習いはじめのころによく通っていて、太刀さばきや足使いを教えてもらっていた。流派は違ったが、道場主の面倒見がよくて、彼が姿を見せても、なんの文句も言わないばかりか、むしろ、剣次郎から他流の太刀さばきを積極的に学ぼうとしたほどだ。

見習い同心になってからは、足が遠のいてしまい、この数年は年末年始の挨拶すらしていなかった。不義理もよいところなので、様子を見るだけでもと思って、剣次郎は足を向けた。

道場は、大名屋敷と寺の合間にあり、雑木林に寄り添うようにして建っていた。昔は門弟が多く、稽古の声が離れていても伝わってきた。道場の熱気は異様なまでの濃さで、少しでも気を抜いたら、弾き飛ばされそうだった。

それを知っているだけに、寂れた建物を見て驚いた。

道場の庇《ひさし》は傾き、戸口も壊れていた。壁には、穴がいくつも空いている。周囲に高い草が生えており、一部は建物の下にも食いこんでいるようだ。楓《かえで》の木が屋根にのしかかるようにして伸びているのも気になる。

どうしてしまったのか。あれほど盛っていたのに。まさか、主《あるじ》になにかあったのか。

剣次郎が道場に近づくと、背後からカン高い声が響いてきた。

「止まれ」

顔を向けると、背の高い女が姿を見せた。かすみと同じか、もしかしたらそれ以上かもしれない。

胴着に袴というでたちで、右手には木刀がある。

髪は馬の尻尾のように結っており、歩くと左右に揺れる。

顔立ちは整っていたが、きつい眼光がすべてを台無しにしていた。さながら虎か狼のようである。

「近づくな。高島さまは、おぬしらのような下郎《げろう》とは会わぬ」

「なにを言っているのか。俺は……」

「言いわけは無用。去《い》ね。さもなくば、私が相手だ」

凛《りん》とした声が響き、女は木刀を構えた。

どうも勘違いされているようだ。非番で、いつもの羽織を着てこなかったのがうまくなかったようだ。

「待ってくれ。私は矢野剣次郎。高島さまとは……」

「黙れ」

女は踏みこみ、上段から木刀を振りおろす。

速い。無駄がない
剣次郎は、さがってかわす。

ついで、横からの一撃が来て、それも剣次郎はさがってかわした。

女の顔色が変わった。木刀を握る手に力がこもる。

剣次郎があたりを見まわすと、脇差とほぼ同じ長さの枝が落ちていた。

女が踏みこんでくるのにあわせて、彼は横に跳んで、枝を拾いあげる。

「そんなもので」

迫る切っ先を、剣次郎は枝で払う。

二度、三度と避けたところで、今度は逆に踏みこんで突きを入れる。

女は横に跳んで避け、今度は胴を狙う。

剣次郎は枝で軌跡を変えると、踏みこんで、その手を軽く叩く。

顔をしかめて、女は木刀を落とした。

その顔に、剣次郎は枝の先を突きつけた。

「やめろ。俺は敵ではない」

「なにを。これまで、さんざん悪さをしておいて」

「だから、かかわりないと」

「男はすぐ言いわけをする。無体《むたい》な振る舞い、許すわけにはいかぬ」

「だから、違うと申して……」

「おまち、そこまでだ。手を出すな」

小さいが、よく透る声がして、剣次郎が顔を向けると、白髪の老人が戸口の前に立っていた。額には深い皺があり、手足は以前とはくらべものにならないぐらい細くなっていたが、それでも力のこもった瞳は健在だった。

「ひさしぶりだな、剣次郎。元気そうでなによりだ」

「先生こそ、ご健勝のようで。ご無沙汰していて申しわけありません」

剣次郎は膝をついて、頭を垂れた。

その様子を、おまちと呼ばれた女は、大きく目を開いて見ていた。

二

「申しわけございませんでした」

おまちは両手をついた。畳に頭を擦りつけるような様子を見て、剣次郎はつい笑ってしまった。

「お師匠さまの客人とはつゆ知らず。無礼をいたしました。平にご容赦を」

「そんなにかしこまらずともよい。先触れを出しておけば、このようなことにはならなかった」

「いえ、そんなことは。私が早とちりしたのが、よくありませんでした」

おまちが頭をさげたまま言うと、上座の老人が笑った。

「いつもこうだ。先走って、あちこちでぶつかる」

「お師匠さま」

ようやくおまちが顔をあげた。頬は真っ赤だ。

「誠のことではないか。この間も、町娘が男に絡まれていると思って助けに入ったら、娘を心配する父親が声をかけていただけで、とんだ勘違いだった。まあ、悪気はないのだから許してやってくれ」

「気にしておりません。むしろ、とんと頼りも出していなかった者が、不躾《ぶしつけ》に現れたほうがよくないかと。高島先生、ご無沙汰でした」

剣次郎が頭をさげた。

老人は名を高島藤右衛門《とうえもん》といい、若いころに神道無念流《しんとうむねんりゅう》を学び、その後の放浪を経て新たな剣術を編みだした。その技術を伝えるため、四十歳のときに北本所新町で道場を開き、いまに至っている。

風羽流《かざはねりゅう》と藤右衛門が呼ぶ剣術は、剣の速さと切っ先の扱いに重点が置かれていて、相手の手先を斬りつけ、戦う能力を奪い取る。

文字どおり、小手先であると藤右衛門は笑っていたが、相手を殺さず、技で勝利する剣術に剣次郎は惹《ひ》かれていた。

はじめて会ってから十年の月日が経っている。思いのほか老いた姿には、いささか驚く。

「いいさ。少し話でもしよう」

剣次郎は、藤右衛門、おまちと語りあった。

三人が顔を合わせているのは道場の奥にある座敷で、かつて剣次郎が通っていたときも、ここで剣術談義をよくかわした。

「それでは、矢野さまは南町の同心なのですか。でしたら、とんだ失礼を」

おまちがまた頭をさげたので、剣次郎は手を振った。

「気になさるな。不肖の本所廻りで、たいしたことはしておらぬ」

「しかし……」

「なにより、この出藍館《しゅつらんかん》では、上下の差はない。高島先生がそのように言っておられる。誰もが好きに振る舞うことが大事とな」

藤右衛門の道場は出藍館というが、その由来は荀子《じゅんし》の「青はこれを藍より取りて、しかも藍より青し」から来ている。弟子が師よりも優れていることを示し、ぜひ自分を超えてほしいという意を示している。

それを体現するため、藤右衛門は町人でも武士でも同じ場所で学ばせ、同じ技術を教えた。剣術の奥義も惜しむことなく伝えて、弟子の技術が高まるのを喜んでいた。

高山にのぼらずば、天の高きを知らざるなりと藤右衛門は語り、常に剣技を磨き、高みを目指すことを望んでいた。それだけに、いまの零落《れいらく》が信じられない。

「いったい、なにがあったのですか」

思わず剣次郎が尋ねると、藤右衛門は苦笑いを浮かべた。

「年よ、年。老いには勝てぬ。我の技も衰えたということだ」

「それは違います。あの嫌がらせさえなければ、こんなことにはなりませんでした」

おまちが割って入った。整った顔には、悔しさが浮かぶ。

「すべては、私たちのせいかと」

「嫌がらせだと」

「はい」

おまちが見ると、藤右衛門はうなずいた。

「じつは去年の夏から、妙な男どもが現れて、悪さをするようになったのです。はじめは、大川端で屋台をひっくり返して遊んでいたのですが、たまたま道場の者が見とがめて文句を言ったところ、矛先《ほこさき》がこちらに向かうようになりまして。外から石を投げつけたり、川の堰《せき》を切って道場に水が流れこむようにしたりして、ひどい目に遭いました」

「なんと」

「今年の春には、弟子が十人からのごろつきに襲われて大怪我をしたこともあって、それで通う者も減ってしまい、このありさまです」

「悪いのは儂だ。早々に叩きのめせば片づいた。それを逆にやられてしまった」

藤右衛門が首を振ると、すぐさま、おまちが反論した。

「なにをおっしゃいますか。あのころ先生はご病気で、身体を動かすのもつらかったではありませんか。そこに通いはじめたばかりの子どもが人質に取られて、やむなく出かけたのです。相手は二十人からそろえていましたし。あれでは、やられて当然。子どもを取り返すことができただけで、よしとするべきです」

「だが、それで評判が悪くなった。儂の不徳の成すところよ」

「いつのことですか」

剣次郎が口をはさむと、藤右衛門は渋い表情で応じた。

「去年の秋だな。本所と深川が揉めていたころだ」

剣次郎は顔をしかめた。

本所深川騒動のとき、彼は、事態の悪化を食い止めるだけで精一杯だった。四人目の兄弟も現れて、その対処にも時間を取られた。

「申しわけありません。もっと気を配っていれば」

「よい。この道場は、儂が作った。駄目になったのは、儂が老いたからよ」

「違います。悪いのは、あくまで嫌がらせをしてきた奴らです」

おまちの顔は赤く染まっていた。気持ちの高ぶりがおさえられないようだ。

「連中のやりかたはひどくなる一方で、夏になってからは一党が集まって道場に悪さをしてきました。庇や壁を壊したのも連中でして。私がいれば、なんとかするのですが、毎日、通うわけにもいきませんので」

「そうか」

「連中、ここのところ調子に乗って、近所でも悪さをしています。怪我をした者も出ているぐらいで、騒ぎにもなるほどなのです。そのごろつきを引っ張りこんだのが先生だ、という噂も流れてしまい、道場の立場も悪くなっています。悔しいです」

「気にするな。儂が悪い」

藤右衛門は、同じ台詞を繰り返した。

「こうなっては、しかたがない。道場をたたむより、ないかもしれぬな」

「それはどうかと」

「しかし」

「道場を閉めたところで、悪さはおさまりません」

剣次郎は語気を強めた。

「むしろ、悪くなる一方かと。このあたりに住み着いて、騒ぎを起こすことになれば、手がつけられません。お考え直しください」

「私も同じ気持ちです」

おまちは膝に手をつき、首を垂れた。

「なにより先生の技が絶えてしまうのが惜しいのです。あらためて門弟を集め、先生に教えていただければと思っていますので、ここはどうか」

頭をさげるおまちの姿を見て、剣次郎はかつての自分を思いだした。

出藍館に通いはじめたころ、剣次郎は出自について知ったばかりで、先のことを考えて不安になっていた。

将軍の血を受け継いでいることを隠して、どう生きていけばいいのか。武士として身を立てることができるのかと、悩んでばかりだった。

そんな剣次郎を、藤右衛門はなにも言わずに受け入れてくれた。

稽古をつけ、終わったら座敷でお茶を飲みながら、剣術について語りあった。

他の弟子にも声をかけ、花見に出かけたこともあった。

あの日々があったからこそ、剣次郎は曲がりなりにも、同心を務めつつ、日々、暮らしていくことができる。

藤右衛門そのもののような、やわらかい剣術が消えてしまうのは、なんとも哀しかった。

「手前もできるだけのことはいたします。だから、ここは」

剣次郎も頭をさげると、藤右衛門は腕を組んだ。

その姿は拒絶しているようにも見えたが、目尻はわずかにさがっており、温かい感情があふれ出ていた。それがわかって、剣次郎の口元は自然とほころんでいた。

三

翌日から剣次郎は、暇を見つけて、出藍館に赴いた。

みずから道場のまわりをきれいにする一方で、知りあいの大工や左官に声をかけ、修理を頼んだ。

あわせて、手下の彦助《ひこすけ》に声をかけ、ごろつきの正体を探るように命じた。

時間はかかるが、足元から立て直していくのが大事だった。

「矢野さまはすごいですね。こんなに手際がいいとは」

おまちは、剣次郎の前で竹刀を構えた。

今日は手直しがひと息ついたところで、道場にはふたりのほかに誰もいなかった。よい頃合いと見て、おまちが稽古を申し入れてきた。

防具は籠手だけだ。怪我をさせては困るからと、剣次郎は面や胴をつけるように言ったのだが、動きが鈍くなるという理由で断った。

となると、剣次郎も防具をつけるわけにはいかない。

「たまたまだ。みな、快く引き受けてくれて、ありがたく思っている」

「私にはできませんでした。情けないです」

「おぬしが道場を守っていたからこそ、立て直すことができた。卑下《ひげ》することはない」

「そう言っていただけると、ありがたいです。では」

「まいろうか」

おまちは青眼に構えると、すり足で間合いを詰めてきた。

動きは滑《なめ》らかだ。

剣次郎が同じ構えで待っていると、跳ねて前に出て、小手を放つ。

風羽流得意の太刀筋だ。

絡みつくような一撃を払って、今度は剣次郎が小手を狙う。

滑り小手と呼ばれる技だったが、おまちはさりげなく払いのける。あざやかにさがると、今度は上段からの一撃をかけてくる。

剣次郎は横から竹刀を叩いて、かわす。

おまちは立て続けに面を狙ってきて、剣次郎はわずかに押された。

左に逃げたところで、下からすくいあげるような形で切っ先が飛んでくる。

避けることができたのは幸運だった。わずかに手を引いていなければ、小手を取られていたかもしれない。

剣次郎はさがって体勢を整えた。

甘酸っぱい香りが漂う。夏蜜柑《なつみかん》の匂いに似ていて、どこか懐かしい。

おまちが青眼に構えて、前に出てきた。右に跳んで、一撃を放つ。

剣次郎はさがらずに、それを受け止めた。鍔迫りあいで力まかせに押す。

おまちは対抗するが、力の差は歴然としている。

剣次郎が力をこめたところでさがろうとしたが、耐えられず右にふらつく。

そこを狙って、剣次郎は小手を放った。

痛烈な一撃に、おまちは竹刀を落とした。

「それまで」

いつの間にか、藤右衛門が姿を見せていて、声をかけた。

ふたりは距離を置いて、一礼した。

「どちらも見事だった。おまちは腕をあげたな」

「とんでもない。矢野さまにはかないませんでした」

「いや、それは俺が力まかせに押したからだ。身体の差があってのことで、技の差ではない」

「立ち合いの場では、それが死命を制しましょう。未熟でした」

おまちは頭をさげると、道場から出ていった。

「気が強いのは善し悪しだな」

藤右衛門は首を振った。

「腕をあげるときには役立つが、その先を目指すときには、いささか足を引っ張る。もう少し落ち着いてくれればな」

「太刀筋はよいかと。相当に鍛えていることがわかります。ただ、勝とうとするあまり、前のめりになっているように思われますな」

「さすがだな。この三か月ばかり、焦りが足を引っ張っている。ここに通うようになって一年。そろそろ壁にあたるころかな」

「たった一年で、あの腕前ですか。それはすごい」

相当に腕が立つ。

他の道場なら、男の剣士を薙ぎ倒して名前をあげているだろう。

「どこかよそで修行をしたのですか」

「それは、当人に聞いてみるのがよかろう。あそこにいるよ」

「……あそこですか」

剣次郎は頭をさげると、道場を出た。

仲間との戦いに負け、落ちこんだとき、彼はいつも道場裏の井戸に赴いた。そこで頭から水をかぶって、情けない自分を叱りつけたものだった。

剣次郎が井戸端に向かうと、ちょうどおまちが水を飲んだところだった。大きく息を吐いて、空を見あげる。

「さすがに、水をかけることはなかったか」

声が聞こえたのか、おまちが顔を向けてきた。

「これは、矢野さま。失礼いたしました」

「かまわんさ。俺も悔しいときには、よくここへ来た。道場でいちばん落ち着いたからな」

剣次郎は、柄杓の水を飲み干した。冬場でもこの冷たさが心地よい。

「やられたのが腹が立ったか」

「自分の未熟さが悔しいのです」

「そう思っていれば、まだまだ上手くなる。どうだ。ひと休みせぬか」

おまちが同意したので、剣次郎は一度、道場に戻って荷物を取ってきた。彼が縁側に腰をおろすと、おまちも少し距離をあけて座った。

「饅頭だ。食べるか」

「いただきます」

剣次郎は風呂敷を開けて饅頭をいくつか手に取り、残りを渡した。

「入江町の田野《たの》という店だ。もとは日本橋にあったらしいが、ちょっと前にこちらに移ってきた」

「名前は聞いたことがあります。あ、おいしいですね」

おまちは饅頭をふたつに割って、ゆっくりと食べていた。

「皮がしっかりしていて。餡が甘いのもいいですね」

「だろう。饅頭はこれぐらいでないとな」

田野の饅頭は剣次郎の大好物であったが、お土産で人に贈ると、あまりよい顔をされない。甘すぎてきついというのが、大方の意見だった。

新九郎は家が近くにあるのに、あそこはちょっとと言って、剣次郎が頼んでも買ってきてくれない。押しつけられて、一緒に食べさせられるのが嫌らしい。

うまそうに食べるおまちを見て、剣次郎は嬉しくなった。自然と口調も滑《なめ》らかになる。

「おまえさん、町人だろう。仕事はなにをしているんだ」

「父の手伝いをしています。古着屋をやっていまして」

「本所でか。それだったら、俺の知りあいもやっているぜ。川崎屋のかすみっていうんだが」

「知っています。着物合戦で有名ですよね」

「本人は、鬱陶《うっとう》しいと思っているようだな」

「あんなふうにはなれません。すごいですね」

「くらべる必要はないさ。その古着屋の娘がどうして、剣の修行をはじめたんだ。珍しい話だよな」

「そうですね。女で剣道を学ぶ者は、ほとんどいませんよね」

おまちは背を丸めて応じた。

「剣をはじめたのは、ただ強くなりたかったからです。舐められるのは嫌だったんです」

「どういうことだ」

「私、子どものころから背が高くて、ひどく目立っていました。それで男からからかわれることも多くて、むきになって喧嘩してました。最初は勝てていたんですが、そのうち力ではかなわないようになって、腹が立って剣を学ぶと決めたんです。手を出してきたら、倍にして返してやりたくて」

「とんでもないお転婆《てんば》だな。そんなに向こう気が強くては、嫁のもらい手がいなくなるぞ」

「いいんです。嫁入りなんてしたくありませんから」

おまちは、ほんの少しだけ語気を強めた。わずかにつりあがった目つきから、剣次郎は彼女の本音を正しく見抜いた。

「最初は、北辰一刀流《ほくしんいっとうりゅう》の道場で学んだのですが、途中から露骨《ろこつ》に手を抜かれて、辞めてしまいました。次に来たのがここでして。もし同じことをされたら嫌だなと思っていたんですが、先生は女相手にもきちんと教えてくださって。とても感謝しています。ここに通わなければ、剣を続けることはできませんでした」

穏やかな表情と静かな語り口から、それが本音であるとわかる。

藤右衛門への感謝は本物であり、おまちが町人の身でありながら、本気で剣術を学んでいることもわかった。

それだけに、最初の嘘が気になった。

剣次郎は、わずかな仕草から、人が隠していることを正しく見抜く。それは、神《かみ》の眼《め》と呼ばれて、本所の悪党から怖れられている。

話しはじめた当初から、彼はおまちの嘘に気づいていた。だが、隠す理由《わけ》はどこにあるのか。

「矢野さまにも感謝しております。手を抜かずに立ち合っていただいて、本当に嬉しく思いました」

「先生の教えに従っただけだ。正しいことを正しくやる。そういうことだ」

そこで剣次郎は、おまちが残った饅頭に目をやっていることに気づいた。思わず笑って、饅頭を渡す。

「いいぞ、食え」

「いいえ。そんな。あの、そういうわけでは……」

「この饅頭を気に入ってくれて嬉しい。ほかの奴は駄目だったからな」

剣次郎に勧められて、おまちは遠慮がちに饅頭を取って食べた。表情はゆるんでいて、本気で甘味を楽しんでいるのがわかる。

心が揺れるのを、剣次郎は感じた。甘酸っぱい衝動が胸を駆け抜ける。

はじめての感情に、剣次郎は動揺した。うまく気持ちを支えきれず、声がうわずってしまう。

「そういえば……」

「なんでしょうか」

「いや、この道場を狙っている連中のことだ。いったい何者で、なぜこうなったのだ」

一瞬前までは訊ねる気はなかったが、口に出すと、なぜいままで確かめなかったのかと意外に思った。話をしなかったのは不思議だった。

「わかりません。争いの発端は、門弟が彼らの振る舞いをたしなめたことですが、それだけで道場がここまで狙われるというのはおかしいです。この半年はとりわけひどくて、まるで先生を追いだそうとしているかのようでした」

「どんな感じの奴らだ」

「半分がごろつき、残りの半分が、商人の手代や棒手振《ぼてふり》のように見えます。といっても、全員が堅気とは思えぬ剣呑《けんのん》さで、町を歩いていればすぐにわかります。数は十五、六人で、言葉には上州の訛りがあったように思えます」

「上州訛りか。どこかで聞いたな」

思いだすまで、たいして時はかからなかった。自然と剣次郎の顔は強張《こわば》った。

「なにか」

「いや、たいしたことはない。稽古を続けようか。あれだけ食べたしな」

おまちは顔を赤らめながら立ちあがった。

かすかに柑橘系の匂いが漂う。それは、剣次郎の心を強く揺さぶった。

四

縁台に腰をおろすと、剣次郎はふたりに語りかけた。

「今日は、俺の奢《おご》りだ。好きなだけ食え」

「珍しいこともありますね。しかも、甘い物にしないとは」

「明日は雨じゃないですか。困りましたね」

新九郎とかすみは顔を見あわせた。

「いいんだよ。ここのいなり寿司はうまいって評判だ。さっさと食え」

剣次郎が注文を出すと、愛想のよい店主が、山のようにいなり寿司を積んで持ってきた。

急ぎ新九郎が手を出す。

「おう、これはたしかにうまい。よく知っていましたね」

「知りあいに教えてもらった。たしかにいいな」

いなり寿司は皮の旨味が決め手で、ここで手を抜かれると、口に放りこんだときに雑味が出る。その点、ここの皮は丁寧な仕事で、ひと口で味わいの深さを感じとることができる。飯との組みあわせもいい。

北辻橋の西詰に屋台を出すようになってから二か月で、まだ評判になっていないのが不思議なぐらいだった。

新九郎とかすみは、文字どおり貪《むさぼ》った。

話がはじまったのは、山のように積んであったいなり寿司がなくなってからだ。

「それで、私たちを呼びだした理由《わけ》はなんですか」

切りだしたのは新九郎だった。

「まさか、寿司を奢りたかったからというわけじゃありませんよね」

「ああ、上州訛りのごろつきについて、ちょっとな」

「なんですか。旦那、そいつらを追っているんですか」

「知っているのか」

「まあ。べつに、こっちは知りたいわけではなかったんですけど」

新九郎は顔をしかめた。

「目立つようになったのは、二か月ぐらい前ですかね。最勝寺の門前で暴れた馬鹿が出て、そいつが上州訛りだったんですよ。調べてみたら、業平の北に住み処を作って仲間を集め、悪さを仕掛けていたんで。数は二十人ぐらいでしたね」

「かなり多いな。みな上州訛りか」

「こっちで拾った奴らもいましたよ。ほら、先だって旦那が教えてくれた長屋の親子の件。あれを仕掛けていたのも、上州訛りの連中でしたよ」

「本当か」

「ええ、腹が立ったんで、思いきり叩きのめしてやりましたがね」

新九郎の表情に苦味が走る。

いつもは本音を隠すこの新九郎が、ここまで言うとは。じつに珍しい。

「ここのところ数が増えてきたって話は聞いてますけれどね」

「あたしも聞きましたよ。そいつらの話」

かすみが口をはさんだ。

「石原新町に知りあいの古着屋がいて、木刀を振りまわす変な連中がのさばっているって言っていました。丁稚がお使いの最中に因縁をつけられて、腕を怪我したようで。大変みたいでした」

「そこまでとはな」

「相模屋のご主人も気にしていて、知りあいの茶屋が妙な連中につきまとわれて迷惑していることを話してくれました」

「おまえ、相模屋と知りあいなのか」

「ええ。たまに古着を卸してくださるので。いい方ですよね」

本所屈指の商人と知りあいとは。たいした手並みだ。

「旦那は、どうして上州訛りのことが気になるので」

剣次郎は事情を説明した。

「なるほど、あの道場ですか。そういえば、寂れていましたね」

「高島先生のことは、知ってます。着こなしがうまくて、遠くからでも目立ちました。まさか、そんなことになっていようとは」

新九郎もかすみも顔を曇らせた。

「先生には世話になった。できるだけのことはしてやりてえ」

「また、うちの品物を買ってほしいですね。背筋を伸ばして歩くところを見てみたいですよ」

「商売上手だな」

ふと、そこで剣次郎は気になっていたことを口にした。

「そういえば、おまちって娘を知っているか。古着屋の娘らしいが」

「いいえ、知りません。聞いたことないですね」

かすみは首をひねった。

「本所の古着屋なら、たいてい顔馴染みですが。どんな人ですか」

「背が大きいよ。おまえと同じぐらいだ」

「知りませんね。そんな大女がいれば、嫌でもわかりますよ」

「そうか。ありがとよ」

またなにかあったら連絡すると言って、剣次郎は縁台から去った。

勝手な振る舞いにふたりは苦笑していたが、それでも文句を言うことはなく、同じように立ち去った。

剣次郎は竪川に沿って、大川方面に足を向ける。

十月もなかばを過ぎると、吹きつける風も冷たい。厚めの羽織を着て、町を歩く者の姿も目立つ。

雲が流れて日の光を隠すと、河岸の空気が一気に冷える。

そろそろ酉《とり》の市《いち》。江戸の町も冬本番である。

冬の痛みに負けぬ子どもたちの声を聞きながら、剣次郎は三ツ目之橋の北詰に差しかかった。

「矢野さま」

知った声に顔を向けると、おまちが一礼して歩み寄ってきた。

「先日はどうも。お世話になりました」

「会ったのは一昨日だろう。先日もくそもなかろうて」

「そうですね。おかしな話をして申しわけありません」

おまちは顔を赤らめて視線を切った。またも剣次郎は、心が揺れるのを感じる。

「少し歩こうか」

「よいのですか。見られますよ」

「かまわない。ひとけのないところへ行くさ」

ふたりは竪川を離れて、武家屋敷に入った。津軽家の下屋敷まであがると、人の気配は一気に減る。

剣次郎は無言だった。うまく言葉が思いつかなかった。

「あの……」

「なんだ」

「さきほど、三人で話しているところをお見かけしました。北辻橋のところで」

「そうか。声をかけてくれればよかったのに」

「邪魔するのもどうかと思いましたので。仲がよろしいのですね」

「腐れ縁さ。いつの間にやらあんなことになった」

「楽しそうでしたよ。まるで仲のよい兄弟のようで。気兼ねなく話をしているように見受けられました」

剣次郎は、なにも言えなかった。

血のつながりなど普段は意識していないのに、まわりからはそのように見えるのか。それがよいことなのか悪いことなのか、彼にはわからなかった。

「あの……」

「すまぬが、訊きたいことがある」

剣次郎は、おまちの話を遮《さえぎ》って話しかけた。

「おぬし、古着屋の娘と名乗っていたが、違うな。なぜ嘘をついた」

おまちは息を呑んだ。

だが、無言でいた時間は短く、表情の変化も少なかった。まるで剣次郎の問いをわかっていたかのようだ。

「いつ、わかりましたか」

「最初からだ。おぬしが身分を明かしたとき、眉がかすかに動いて、声がかすれた。肩も少しさがっていた。嘘をついている者の動きだ。剣術について語っているときには、そのようなことはなかった」

「そんなことで」

「俺の特技でな。人の本心はすぐわかる」

役目を果たすうえでは、役に立つ。これまでも悪党の本音を暴きたててきた。だが、ときとして、知らずに済ませたい人間の内面を見抜いてしまうこともあり、剣次郎は苦しい思いをしていた。決して好ましい能力ではない。

それだけに、続くおまちの言葉は意外だった。

「羨ましい。私にもそのような見立てができれば、己の力で歩いていくことができたものを。私にはなにもなさすぎます」

「どういうことだ」

「嘘をついて、申しわけありませんでした。古着屋の娘というのは、道場でうまくやっていくための方便《ほうべん》です。私の家は、相生町《あいおいちょう》で呉服屋を営んでいます。山城屋《やましろや》と言いますが、ご存じですか」

「もちろんだ」

山城屋は本所屈指の呉服屋で、上野や神田の大店だけでなく、名の知れた武家ともつながりがある。先だっては、土佐山内家《とさやまうち》の用人《ようにん》に呼ばれて、主人が上屋敷に出向いた。京の西陣から直に反物を買いつけており、質の高さはあの白木屋《しろきや》も認めているという。

主人は京の生まれで、若いころに江戸に来て呉服屋をはじめた。家族は女房と男がふたり、女がひとりだ。息子はよく店頭に出ていたが、娘は表に出てくることはこれまで一度としてなかった。

「よほど可愛がっていると思っていたが」

「まさか、こんながさつな大女だとは思いませんでしたか」

「いや、そんなことは」

「いいのです。悪いと思っているわけではないので」

おまちは笑った。整った顔が、冬の日射しを受けて輝く。

「私にはふたりの兄がいたので、好きなようにやらせてもらえました。子どものころは、亀戸で暮らして、近くの子どもたちとさんざんに遊んでいました。暴れまわっていたというのは、本当の話ですよ。男勝《まさ》りでしたが、両親もなにも言いませんでした。実家のことを隠して、剣術の修行をはじめたときも、文句をつけてくることはありませんでした。そのうち飽きて落ち着くと考えたのでしょう。まさか、十八になるまで続けるとは思いもしなかったかと」

「………」

「何不自由なく育てられて、このようなことを言うのはどうかと思うのですが、私は自分の力で生きてみたいと考えているのです。みながしているように、みずからの才覚で商いをして、みずからの稼ぎで生きていきたいのです。古着屋の娘と名乗ったのも、じつはそのためなのです」

「古着屋を開くことを考えているのか」

「そうです。本所の武家屋敷には、眠っている古着が数多くあります。武家の生活が苦しいとはいえ、格式にこだわる方もたくさんおりますから、それなりの品を手元に持っています」

おまちの声には熱がこもっていた。

「それを買いつけて、欲しいと思われる方に売る。仕立て直して、また武家の方に用立ててもかまわないと思います。自分の眼でよいと思った品を仕入れて、売っていく。それができてこそ、私は甘やかされたお嬢さまであることから抜けだすことができると思うのです」

一気に語るおまちの声を、剣次郎は静かに聞いていた。

「剣術の修行も、自分の身を立てるために必要なものと考えていました。試合の場には、誰もおりません。頼れるのは自分だけですから。剣技で勝つことができれば、みずから道を開くときにも役立つだろうと」

「実際には、どうだった」

「それがまったく。空まわりしてばかりで、まるでうまくいきません」

おまちは小さく息をついた。

「悔しいです。矢野さまのような力があれば、見知らぬお客が相手でもうまくやっていけるのに」

「そうとも言えぬ。人の心が読めても、物事をうまくまわせるわけではない。決め手となるのは、もっと別のことであろうよ」

かすみや新九郎と行動をともにすると、よくわかる。

彼らは人の気持ちを見抜かずとも、みずからの意思で積極的に進み、物事を変えていく。迷いもなく、躊躇いもなく、自分に従って行動するだけの姿には美しささえ覚える。

「見ているだけの自分に、腹立たしさを覚えることもあったよ」

「矢野さまは、なにかなさりたいことがあるのですか。同心として」

剣次郎が応えずにいると、おまちは頭をさげた。

「すみません。よけいなことを言いまして」

「いや、よい。ちょっと思うところがあってな」

そこで、騒ぎの声があがって、剣次郎は振り向いた。

屋敷の前で、御家人が激しく争っていた。三人で、互いに口汚く罵《ののし》っており、いまにも刀に手をかけそうな勢いだ。

剣次郎は、おまちの腕を取った。

「こっちへ。巻きこまれてはかなわぬ」

おまちを引き離すと、そのあとを追うようにして、野次馬の声が響く。

「相模屋さんが来てくれたぞ。ほら、道をあけろ」

視界の片隅を、よい着物を身につけた男が横切る。

剣次郎はかまわず現場を離れた。

「ここのところ、本所では争いが多い。武家が気が立っていてな」

「あの……」

「いったいなにがあったのか」

「すみません、矢野さま」

「なんだ」

「手が……」

言われて、剣次郎はおまちの腕を取っていたことに気づいた。

あわてて放すと、おまちは足を止めて、うつむいた。

「すまぬ。気がつかなくて」

「いいえ。かまいません」

ふたりは、堀割下水に沿って、三笠町まで来ていた。ゆるやかに流れる水面を見つめながら、その場に立ち尽くす。

沈黙を破ったのはおまちで、うつむく剣次郎の背中に語りかけた。

「あの、さきほどは、なにを言いかけたのですか」

「なにがだ」

「思うところがあってな、と申されたあと、なにか言いかけておられました。あれは、なんだったのでしょうか」

「ああ、そうだな」

剣次郎は、あらためて話を切りだした。

それは、みずからの境遇についてであった。

養子として矢野家に入り、父親の跡を継いで同心になったこと。その後、親戚筋から横槍を受けて、早くに隠居せねばならぬこと。同心を辞めたあとのことはなにも考えておらず、やりたいことも見つかっていないこと。

将軍の血を継いでいること以外、すべてを語っていた。

話を終えたときに、ふたりは三笠町まで来ていた。長くかかったが、なにも言わずにおまちは話を聞いていた。

「そのようなことが……」

おまちは顔をゆがめて、うつむいた。話に怒りを感じているようで、それが剣次郎の身を考えてのこととわかって、彼は嬉しくなった。

「ひどい話です。矢野さまの気持ちも考えず、勝手に決めて」

「よいのだ。俺も無理して養子に入ったからな。気持ちはわかる」

「ですが、矢野さまは立派に同心の役目を果たしているではありませんか。店の者も申しています。悪さをする同心が多いなかで、町の者のことを考えて動いてくださっていると。なのに、そんなことを」

剣次郎の胸は熱くなった。

精一杯、働いていたつもりだったが、それが町の者に届いているかどうかはよくわからなかった。空まわりではないかと気に病んだこともあった。おまちの言葉で、それが無駄ではなかったことがわかった。

「ありがたい話だ」

「そう。なにも決まっていないのでしたら、なんでもおもしろそうなことをやってみたら、いかがでしょうか」

おまちは剣次郎を見た。

「たとえば、商いとか……なんでもかまいませんが、人を相手になにかをやってみるのも、おもしろいのではありませんか。矢野さまなら、話しあいで仕入れの額を値引きさせることもできるでしょう。うまくやれば、おもしろいように儲かりますよ」

「そうか。だったら、おぬしの古着屋でも手伝うか」

剣次郎の言葉で、おまちは息を呑んだ。頬が一気に赤く染まる。

言いすぎたかと思ったが、剣次郎は不思議と言いわけする気にはなれなかった。よいのではないか。

将軍の血を引き、居場所がないと思っていた自分が、こころを許した者と、小さな商売を営む……本所の片隅で。

その情景は、なんとも心地よい。

隠居とはいえ、おまちとは身分の差もあるのだから、たやすくできることではないが、決して不可能とは思えなかった。

剣次郎は本音を語ろうとしたが、うつむくおまちを見て、別のことを言った。

「香りがするな。おぬしのものか」

「あ、はい。私、冬でも汗が多いので。香り袋を持っていまして」

おまちは横目で剣次郎を見た。

「あの、気になりますか」

「いや、いい香りだと思っただけだ。心地よいな」

「嬉しいです。あれは母から教えられたものでして。大事なときに持っていきなさいと言われていました」

「そうか」

甘酸っぱい思いがこみあげてくる。

心が騒ぐ。これはどういうことだ。

「ああ、変なことを言ったな。これは……」

「かまいません。私も嬉しいです。気持ちが寄り添っているような気がして」

「えっ」

おまちは、顔をそむけた。頬が赤くなるのがはっきりとわかる。

剣次郎も身体が火照るのを感じながら、しばし掘割のほとりでたたずんでいた。

五

その翌日から、おまちは道場に来なくなった。

説明はいっさいなく、事情はわからないままだった。

藤右衛門も気にしていたが、おまちは身分を偽って道場に通っており、迂闊《うかつ》に連絡を取ることはできなかった。

剣次郎は何度か山城屋の近くまで赴いたが、店を訪ねることはしなかった。

季節は過ぎ、たちまち十一月もなかばを過ぎた。

七五三の賑わいが消え、いよいよ江戸の町が本格的な寒さに覆われたとき、その噂が本所の町に広まった。

剣次郎が三笠町の『さかよ』に赴いたのは、十一月の末だった。

『さかよ』は、前にかすみが助けたことがある一杯飯屋で、なにかと融通《ゆうずう》を利かせてくれるので、利用していた。内密の話があるときには、二階の座敷を貸しきりにして、他の客には話が聞こえないように工夫してくれる。

呼びだしたのは、かすみだった。大事な話があるから、ひとりで来るようにと念を押して、日時を指定してきた。

剣次郎が店に着いたとき、ちょうど雪が舞いはじめた。吹き抜ける風は、肌を切るほどに冷たい。

主人に案内されて二階にあがると、座敷ではなんとおまちが待っていた。

赤茶の紋付無地に縞の帯で、髪は灯籠鬢《とうろうびん》である。娘らしくなっていて、前に会ったときとは、まるで雰囲気が違った。

「まさか、おぬしがいるとはな」

剣次郎は腰をおろした。動揺が顔に表われないように、懸命に気を配る。

「お呼びだてして申しわけありません」

おまちは丁寧に手をついて、頭をさげた。

その仕草も娘らしかったが、これまでの凛々しさがまったく消えていて、居心地の悪さを感じた。

「お忙しいところを恐縮ですが、どうしてもお話ししておきたいことがございまして。かすみさんに無理を言って、言伝《ことづて》を頼みました」

「知りあいだったのか」

「いいえ。ですが、同じ着物を扱う商売ですから。つながりはありました。番頭さんを通じてお願いしまして」

「そうか」

いったい、なんの話か。

しばし、おまちは口を閉ざしていたが、やがて顔をあげると、言葉を選びながら語りはじめた。

「ここのところ、私の噂が流れていましたが、お聞きになりましたか」

「多少は」

「あれは、本当のことです。このたび、私は嫁入りすることになりました」

剣次郎は強い衝撃を受けた。

おまちの顔を見たときから、この話が出るとわかっていたのに、心の揺れをおさえられなかった。

動揺はあまりにも大きく、剣次郎自身が驚いたほどだ。

「矢野さまには、じかに話をするつもりでした。お世話になりましたので」

「お相手は」

「武家の方です」

おまちは名をあげた。旗本三千五百石の大身《たいしん》で、近々、勘定方《かんじょうがた》の要職につくという。有能で、将来が期待されていた。

「身分が違いますので、まずは武家の養女となり、その後、輿入《こしい》れとなります」

「いつだ」

「一月には、向こうの家に入るかと」

「早いな。なにか都合があったのか」

「わかりません。輿入れが決まった、という話しか聞かされませんでしたので」

おまちはぼかしたが、予想はつく。山城屋は有名な呉服屋であり、財力は本所屈指だ。輿入れとなれば、実家からの援助が期待でき、今後、幕閣の大物と付き合うことになっても、資金の心配はせずに済む。

一方、山城屋は、大物武家とのつながりができ、商いはおおいに拡大する。輿入れ先が出世すれば、それに伴って、大物大名との付き合いも増えるはずで、日本橋界隈の大物呉服屋とも深いつながりができる。

急だったのは、出世のため、相手の武家が資金を欲してからだろう。それを山城屋が受け入れて話がまとまった。

よくあることだ。この間も、似たような話を聞かされたばかりだ。

なのに、なぜ自分がここまで驚くのか。

剣次郎は、よくわからなかった。

いや、わかりたくなかったと言うべきであろうか。

「養女となれば、これまでのように町をふらつくことはできませぬ。礼儀見習いもありますので、話をするのも難しくなるかと。その前に、矢野さまに会って、お礼を申しあげたいと思っていました」

おまちは両手をついて、頭をさげた。それは、武家の娘が見せる仕草だ。

「短い間でしたが、稽古をつけていただき、ありがとうございました。おかげで、風羽流の奥義を感じとることができました。教えていただいた技、忘れませせぬ」

「技は先生が教えた。俺は稽古の場で、使って見せただけにすぎぬ」

「使っていただいて、はじめて見えることもございます」

「高島先生に、ご挨拶はしたか」

「いえ、まだです。早く行きたいのですが、機会が得られず。先生には申しわけないことをしたと思います」

おまちは表情を曇らせてうつむく。

剣次郎も口を閉ざし、座敷は沈黙に包まれる。

言葉をつむぎたいのであるが、なにも思い浮かばない。うまく心を整理できず、ひどく胸が痛む。

ここで、剣次郎は気づいた。

柑橘系の香りがないことに。

おまちから漂ってくるものは、なにもなかった。

「残念でなりません。いろいろと中途半端に終わってしまって」

「そうだな」

「とくに道場を襲っていた連中。あの者たちを追い払うことができず、先生の安寧が乱れたままというのが心残りです。正体もよくわからないままでした」

上州訛りの集団は、いまだ道場のまわりをうろついていた。剣次郎が追い払っていたが、彼が役目で忙しくなると、また姿を見せて悪さをしているようだ。

藤右衛門は気にするなと語ってくれたが、近所の者の話では嫌がらせはひどくなる一方で、先日は出入りの小間物屋が襲われたらしい。道場に近づくなという声も出ており、事態は悪化していた。

「あの……矢野さま、申しわけないのですが、先生のこと、気にかけていただけますか。養女に入ってしまったら、なにもできませんので」

「ああ、気をつけよう」

「あと、古着屋も残念です。こうなってしまっては、夢物語です」

「武家に輿入れしたのではな」

「矢野さまに手伝っていただければ、いい店になったと思うのですが」

「俺も残念だよ」

夢は夢のまま散った。

自分に居場所がないことを、剣次郎はあらためて知った。

静寂が広がる。

語るべき言葉もないまま、剣次郎は火鉢の前で身じろぎもせずにうつむいていた。

六

「それで、なにも言わずに、おまちさんと別れたと。ひどくないですか、それ」

かすみは盃をひと息で空にすると、新九郎に差しだした。

「おかわり」

「早くないかい、かすみちゃん。このままだと潰れるよ」

「かまわない。こんな馬鹿な話、呑まなきゃ聞いてられないよ」

新九郎が酒をそそぐと、かすみはまたたく間に飲み干し、目の前の風呂吹き大根に手を伸ばした。

箸でつまむと、一気に口に放りこむ。相当に気が立っているとわかる。

かすみが彼を『さかよ』に呼びだしたのは、おまちと会った三日後だった。

ひどく怒っていて、もし来なかったら、悪い噂を本所にまき散らすとまで言った。

正直、気分は乗らなかったが、断りきれなかったので顔を出してみると、ふたりが待っていて、勝手に酒を飲んでいた。

剣次郎も勧められて飲んだ。ちっとも酔えなかったが、それでも、おまちの話をしたのは、誰かに聞いてもらいたかったためかもしれない。

「ぐだぐだ言って、みっともない。好きなら好きって言っちまえばいいんですよ。ずっと俺のそばから離れるなって。それをただ見ているだけで、なにもしないなんて、意気地なしもいいところじゃないですか」

かすみの目は据わっていた。もう酔っている。

「それを、おまちさんだって望んでいたんですよ。だから、ふたりで会う機会を用意してあげたのに。この甲斐性なし」

「さすがに言いすぎだよ」

新九郎が割って入った
「旦那だって、心が動いたから、おまちさんと会った。だけど、身分とか立場を考えれば、迂闊なことは言えない。傍目《はため》には、武家への輿入れは光栄なことだよ。わかっていても言えないこともあるさ」

「そうやって、男はいつも逃げ道を作って。みっともない。その気になれば、やりようはいくらでもあるでしょ。都合が悪いからやらないだけじゃない」

「よく言うねえ」

新九郎は口元をゆがめた。

「言いたい放題なのは、けっこうだけど、その言葉、己の身に降りかかってくるってわかっているのかい。三河屋《みかわや》の若旦那のこと、私が知らないとでも」

かすみはぐっと息を詰めた。瞳に影が差す。

「京に修業に行っていた太一郎《たいちろう》さん、先月、戻ってきたね。ただでさえいい男がさらに洒脱《しゃだつ》になって、男の私が見ていても惚れ惚れするぐらいだった。さっそく川崎屋に挨拶にきたって話だけど、かすみちゃんはどうしたのさ。口実をつけて、いまだに顔も合わせていないって聞くけれど」

「よけいなお世話だ。あんたにゃ関係ない」

「嫌なら嫌って言えばいいのに、わざと待たせているんだから、罪が深い。それで旦那のこと、とやかく言えるのかい」

三河屋の太一郎が、かすみに惚れているという話は知っていた。新九郎から聞いたし、町の噂にもなっていた。

その後、京に修業に出たことで、話は有耶無耶《うやむや》になっていたが、太一郎の気持ちは京に行っても変わることなく、川崎屋に挨拶に出向いたようだ。

「わかっちゃいますよ。よくないことぐらい」

かすみは盃を置いて、うつむいた。

「でも、気持ちがうまくまとまらなくて。どうしていいのか」

「それこそ、胸に飛びこんでしまえばよかろう。逃げ道を作らないでね」

「わかっているよ。あたしだって、なにも考えずに動けばいいって考えたさ。でも、できない。だって、あたしたち、あの男の血を引いているんですよ」

「…………」

「気に食わないけれど、あたしたちの父親が将軍さまであることは動かせない。万が一にも、このことが世間さまに知られたら、どうなるか。若旦那にだって、大変な迷惑がかかる。そんなことはあっちゃいけないんですよ」

かすみは、小さく息を吐いた。

「第一、嫌なんですよ。大事な人に、大事なことを隠しておくことが」

「隠しておく……か」

「ええ。知っているのに父親のことを明かせないなんて、耐えられませんよ。言っても、受け入れてもらえないかもしれませんし、よしんば受け入れてくれても、それでのちのち、困ったことが起きるかもしれません。それがわかっていて口にできるわけないでしょう」

「巻きこみたくないから、出生のことは黙っているしかない。だが、隠し事をしながら、夫婦としてやっていくのは……」

「無理です。あたしにはできませんよ」

かすみはうなだれ、新九郎は小さく息を吐いた。

剣次郎は盃を膳に置くと、懐から流星剣を取りだした。

柄には見猿《みざる》の意匠が施されており、暗い座敷で浮かびあがって見える。

将軍の血は、彼らにとって呪いだ。

なにをやるにも、常に頭に引っかかって、手足を縛る。

秘密が露見したことを考えると、なにも思ったようにできず、目立たぬように生きていくしかない。ひどく息苦しい。

かすみにしても、新九郎にしても、自由に生きているように見えながら、将軍の子であるという呪縛からは逃《のが》れられない。

剣次郎は侍であるから、なおさら血の重みを意識した。おまちのことに積極的になれなかったのは、思うがままに動いて、万が一、出生のことが露見したら、大きな悲劇に見舞われると思ったからだ。

他人を血の相克《そうこく》に巻きこむのは、本意ではない。

「夢は夢か……」

隠居してふたりで過ごす光景が、頭をよぎった。

それは手を伸ばせば届くように思われたが、そもそも無理であった。日陰者が春の日差しを浴びて幸せに生きることなど、許されるはずがなかった。

剣次郎は立ちあがった。

「どこへ行くんですか」

「帰るよ。今日は、もういいだろう」

剣次郎は、『さかよ』を出ると、町を南にくだった。

灰色の雲が頭上を覆い、本所はひどく冷たい空気に包まれていた。砂埃が舞いあがって、町娘が顔をそむける。

棒手振や屋台も数が少なかった。いつも、武家屋敷の奥で天麩羅を売っている屋台も、今日は姿を見せていなかった。

竪川まで出ると、剣次郎はわずかに迷ってから、右に曲がった。大川へ向かう道筋であるが、その途中には山城屋がある。

いまさら行って、どうなるのか。未練でしかない。

さっさとあきらめて、日々の生活に戻るべきだ。

しかし、心の底にあるなにかが、剣次郎を山城屋に向けていた。

二之目橋を越えたところで、剣次郎は足を止めた。

これ以上は、本当に未練である。戻るしかない。

だが、視線を大川方面に向けたそのとき、見慣れた女の姿が視界に飛びこんできた。

髪を高く結い、光琳模様の着物を身にまとっていたのは、おまちだった。

『さかよ』で話をしたときより、さらに落ち着きが出ている。

剣次郎に木刀を突きつけてきたときの勢いは、どこにもない。

おまちが河岸で左右を見まわすと、柳の陰に隠れていた小僧が駆け寄って、何事か話しかけた。

おまちが聞き返すと、それに小僧も答えている。

ふたりとも、表情は深刻だった。

気配を悟られぬように剣次郎が近づくと、声が聞こえてきた。

「はい。聞きました。連中、あの道場を住み処にすると。なにか悪いことを企んでいるようで、仲間も増えています」

「いつ動くのかしら」

「わかりません。私も見つからないようにするだけで精一杯で。いきりたっていましたから、遠い先のことではないと思いますが」

「わかった。ありがとう。仕事に戻って、あとはあたしがやるから」

小僧は一礼すると、河岸から離れた。

話を聞くかぎり、小僧は山城屋に勤めていて、おまちに指示され、出藍館の様子を見ていたのであろう。

剣次郎は、河岸に残ったおまちに顔を向ける。

表情は硬かった。細い目はつりあがり、固く結ばれた口元はわずかに上を向いている。手は胸の前で、強く組みあわされている。

それだけで、剣次郎にはわかった。

おまちが決断をくだしたことを。

それは、道場が大切な場所であったからか。

それとも、単なる未練なのか。

剣次郎は、おまちに歩み寄ろうとしたが、きわどいところでとどまった。すばやく背を向けると、山城屋から離れていく。

振り向くことは一度としてない。

すべては断ちきらねばならなかった。

七

弱い雨を身体に受けつつ、剣次郎は木の陰に隠れた。

あえて傘は差さない。

目立つわけにはいかなかったし、なにより、いまの剣次郎は雨に身体をさらしたい気分だった。ようやく決着をつけたのだから。

足音がしたのは、四半刻が過ぎてからだった。

女が、道場へ続く細い道を走ってきた。その手には真剣がある。

泥を避けて、道場の前にたどり着くと、女は足を止めて周囲を見まわした。

「こ、これは」

驚愕の声があがる。

木の陰から、剣次郎が気づかれぬように顔を出すと、女が目を見開いて、立ち尽くしていた。

おまちだ。

彼女の前には、無法者が折り重なるようにして倒れている。

数は十五。半分が気を失い、残りの半分はうめき声をあげている。

手強い相手だった。焦って戦ったこともあって、右腕を斬りつけられた。

それでも、彼女が来る前に決着をつけることができて、よかった。

剣次郎は、おまちの話を聞いたあとで、すぐにならず者の動向を調べさせた。

彦助から知らせが届いたのは一昨日のことで、今日の昼間に、例の連中が道場を襲いにくると知った。

同時に、おまちに、その話が行っていることも。

仕度を調え、剣次郎は道場前で迎え撃った。

容赦はしなかった。後顧《こうこ》の憂《うれ》いは完全に断ちきらねばならなかった。

十五人を叩きのめした。

これでしばらくは、道場が襲われることはないだろう。

おまちは倒れた男たちを見ていたが、息を呑むと、左右を見まわした。

剣次郎を探していることはわかった。

出ていけば話もできよう。

しかし、それは許されていない。

道は分かれた。

剣次郎は口を結ぶと、重い身体を引きずって、木の陰から離れた。

冷たい雨が、その背中を静かに叩いた。


激闘の翌日から、剣次郎は熱を出して寝込んだ。

しばらく食事を満足に取ることもできず、見舞いに来た新九郎やかすみを心配させたが、五日後にはなんとか身体が動かせるようになっていた。役目に戻ったのは、その翌日である。

剣次郎は、本所を見廻り、これまでと同じ日々を過ごした。

その彼に思わぬ話が飛びこんできたのは、十二月に入ってすぐのことだった。

八

剣次郎は、店頭に置かれた駕籠から、距離を取って待っていた。迂闊に近寄って、大事な門出を穢《けが》すわけにはいかない。

駕籠の横では、山城屋の主人と女房が礼服を着て、若い武家と話をしていた。

おまちの輿入れについては本所に広まっていて、今日、礼儀作法を教えてもらうため、御米蔵の裏手にある旗本屋敷に入ることも町の者に知られていた。

わざわざ駕籠を仕立てて娘を送るということで、物見高い見物客が山城屋の店頭に集まり、手代が彼らの動きをおさえねばならなかった。

「それでは、よろしく頼む」

若い武士が声をかけてきたので、剣次郎は駕籠に歩み寄った。

おまちはすでに乗っていたが、引き戸は閉ざされていて、顔を見ることはできない。

剣次郎がこの場にいるのは、山城屋に頼まれて、駕籠の先導役を務めるためだ。

山城屋から旗本屋敷まで、たいして距離はない。それでも駕籠だけを行かせるわけにはいかず、護衛の役目が必要である。

本来なら、旗本の家臣が果たすが、なぜか剣次郎に話が来た。

理由はわからない。

断ろうかと思ったが、結局、剣次郎は引き受けた。

なぜ、そうしたのかも、よくわからなかった。

剣次郎と駕籠の一行は山城屋を離れて、御米蔵の裏手にまわる。

昨日まで空を覆っていた雲はどこにもなく、冬の澄みきった空が頭上に広がっている。日射しも温かい。

剣次郎の背後には、駕籠の気配がある。

おまちはなにを考えているのか。

もし、この場で剣次郎がおまちをさらって、江戸の町から逃げようと言ったら、どのように思うだろうか。

ふたりで、いずことも知らぬ地で暮らせるとしたら……。

「なにを馬鹿な」

剣次郎は人に聞かれぬようにつぶやく。

そんなことできるわけがない。

剣次郎はよい大人であり、同心である彼が無茶できるわけがない。

おまちもまた山城屋の娘であり、望まれて輿入れする以上、その運命から解き放たれることはない。

もはや、やるべきことはない。すべては夢の彼方だ。

武家屋敷の合間を抜けると、一行は、誰にも遮られることなく、旗本屋敷の表門に到着した。

自分の役目はここで終わりだ。さすがに屋敷には入れない。

振り向くと、いつの間にか駕籠が止まっていた。若侍が歩み寄って何事か話している。駕籠の中から、なにか申し入れがあったことがわかる。

若侍は顔をゆがめたが、最後には押しきられて、剣次郎が見ている前で、駕籠のかたわらに膝をついた。その手がゆっくりと動いて、駕籠の戸が開く。

冬の日射しに照らされて、美しい女が姿を見せた。

吹輪髷に、紫の小袖。裾模様は牡丹だった。矢の字に結ばれた帯が、細い身体によく似合っている。

整った顔立ちは、化粧によって、さらに見映えがよくなっており、遠くからでも人の目を惹きつける魅力を漂わせている。凝った櫛がよく似合っている。

おまちが美しいことは知っていた。

化粧で飾らずとも、その本性から滲《にじ》み出る輝きは消せるものではない。

だが、こうして着飾った姿を見ると、美しい娘であると心の底から思う。

おまちが表門に向かって歩きはじめたので、剣次郎は膝をついた。

視線は合わせない。合わせるわけにはいかない。

おまちが、彼の前を通りすぎていく。かすかに匂いが漂う。

覚えがある。

柑橘系の清々しさのなかに、色気を覚えるあの香り。

おまちが稽古のときに漂わせていて、剣次郎が好ましいと語った色香が、鼻をかすめていく。

思い出がよぎる。十分だ、それでいい。

「今日はありがとうございました」

おまちの声が響き、剣次郎は頭をさげた。

もう答える必要はない。

かすかに漂う香りが冬の風に吹かれて消えるまで、剣次郎はその場で膝をついて、ただ首を垂れていた。

第四話　さらば、流星剣

一

「ほうほう。それじゃあ、おまえさんは口先がすべてで、最後には言いわけをかまして逃げだすお馬鹿さんというわけだ。いや、本所の香具師《やし》も、地に落ちたものだ」

「なんだと」

剣次郎に煽られて、髭面《ひげづら》の大男が吠えた。瞼《まぶた》が細かく震えている。

ここまで感情を出してくれると、やりやすい。単純に煽っていくだけで済む。

「だって、そうだろう。おまえさんの手下が、そこの茶屋で悪さをして、娘さんに手を出した。なにもしていねえのによ。で、おまえさんが出てきて詫びると思ったら、逆に茶屋を脅す始末だ。いつもは筋の通らねえことは嫌とか言っておきながら、このありさまよ。言っていることとやっていることが、まるで違うぜ」

大男は真っ赤になった。その手がゆっくりと動く。

「残念だよ。言ったとおり、きれいに振る舞っていれば、本所でも名の通った元締めになると思っていたのによ。あの新九郎にも負けねえぐらいの。それがこのありさまとはな」

「あの男の名前を出すな」

大男が新九郎を嫌っていることは知っていた。好きだった芸者をあっさり寝取られて、大恥をかかされたからだ。

「もう許さねえ。どうなろうと知ったことか」

大男が左の拳を握って、間合いを詰めた。

剣次郎は流星剣を取りだすと、男の右側にまわって、その甲を軽く斬った。

うっとうめいて、男は膝をついた。

「よけいなことはするな。いまは行け。あとできっちり片をつけてもらうぞ」

剣次郎が手を振ると、男はさがった。

手下がそのまわりを囲む。しばし睨みあいが続いたが、結局、男は顔をしかめて立ち去った。

すぐさま、声があがった。

様子を見ていた野次馬たちだ。

よくやった、さすがは本所の眼、という掛け声もあがって、さながら舞台役者のような扱いである。

いささか照れくさい思いをしつつ、剣次郎は茶屋の娘に声をかけて、なにかあったら自分のところを訪ねるように告げた。茶屋の主人にも、しばらく気をつけて、揉めたらすぐに番屋に駆けこむよう言いつけた。

剣次郎が茶屋を離れると、背後から声が響いてきた。

「おぬし、やるのう」

振り向くと、茶の小袖に香色の袴を身につけた子どもが立っていた。背丈は剣次郎の胸ほどで、大きくて丸い瞳が印象的だ。

物言いは尊大だったが、不思議とそれは気にならない。

「そうかい」

「ああ、そうとも。あの男、刃物を使うつもりだった。斬りあいとなれば、騒ぎも大きくなって大変だっただろう。それを止めたのであるから、立派なものよ」

剣次郎は目を細めた。

「なぜ、そんなことが言える」

「あの男、やたら、右腕を動かしていた。おそらく左の袖に、小刀でも隠しておったのだろう」

子どもは笑った。

「おぬしを殴ると見せかけて、近づいたところで斬りつけるつもりだった。それがわかっていたから、右手の甲を斬りつけた。違うか」

剣次郎はなにも言えなかった。子どもの発言が正しかったからだ。

「ついでに言えば、手荒い言葉を投げつけたのも、よけいな斬りあいを怖れてのことだ。相手はいきりたっていて、なにをしでかすかわからなかった。まわりの者を巻きこまぬためにも、おぬしに怒りを向けさせるように仕向けた。血がのぼりやすい相手だから、それがうまくはまった」

「そのように見えたか」

「なんとなくであるが。間違っていたら申しわけない」

剣次郎が争っていたのは両国広小路に近い本所藤代町《ふじしろちょう》で、周囲には茶屋や食事処が数多く建ち並んでいる。

橋を渡って遊びにくる者も多く、そんなところで刃を振りまわされたら、手がつけられない。

　剣次郎が駆けつけたとき、大男は目を血走らせていた。きわめて危険で、誰かに襲いかかる前に手を打つ必要があり、あえて厳しい言葉を投げつけ、表情の変化を見つつ、怒りを自分に向けるように大男を煽った。

「さすがに本所の眼。よく見ている」

「おぬし、何者だ」

「ああ、まだ名乗っていなかったな。私は敏丸《としまる》と申す。両替屋の駿河屋《するがや》で世話になっている」

「商家の子か」

　それにしては言葉遣いがおかしい。横柄なのはたしかだが、それがどこか自然に思える。大人相手に話し慣れていると言うべきか。

「駿河屋に子どもがいるという話は知らぬが」

「世話になっていると申したであろう。親は別にいる」

「誰だ」

「おぬしの兄だよ。つまり私は、おぬしから見て甥っ子ということになる」

　あまりのことに、剣次郎は口が利けなかった。なにを言われているのか理解するにも、時間を要した。

そんな無茶苦茶《むちゃくちゃ》なことがありえるのか。

呆然とする剣次郎を、敏丸は笑いながら見ていた。

二

「あやつの言うことは正しい。敏丸は、間違いなく儂の子どもだ。早々に話に行くとは思わなかった。申しわけない」

男がいきなり詫びたので、剣次郎はさすがに恐縮して手を振った。

「おやめください。将軍世子《せいし》にそのようなことをされては困ります」

「そうだが、この飲み屋に来るときは、貧乏旗本の三男坊で、名は敏次郎《としじろう》ということになっている。だったら、詫びのひとつぐらい、どうということはない。面倒をかけたのだから、とくにな」

男は応じた。すまないことをしたと思っているのはたしかだろうが、どこか楽しそうに見えるのは気のせいであろうか。

剣次郎が彼と会うのは、三度目である。

最初は、一昨年の秋、将軍家斉の子を名乗る男が現れたとき、剣次郎、かすみ、新九郎の前に姿を見せた。四番目の兄弟が深川衆を率いて本所を攻めたて苦境に追いこまれていたところで、彼が思いきった手を打ってくれたからこそ、騒動は大事にならずに済んだ。

ふたたび顔を合わせたのは、事が終わったあとで、今回と同じ『さかよ』に四人が集まって、八つ前から痛飲した。

無礼講で、互いに言いたいことを言い、訊きたいことを訊いた。謡あり、舞ありで、じつに楽しい時間だった。

はじめて兄弟で語りあった瞬間だった。

あれが最後だと思っていたが、まさか、もう一度顔を合わせることになろうとは。剣次郎には意外だった。

彼の前に座った人物こそ、将軍世子の徳川家慶《いえよし》だった。

剣次郎、かすみ、新九郎の兄であり、いまは西之丸で暮らして、将軍家斉の跡を継ぐための準備を進めている。

年は四十になり、髪はいささか減っているが、それでも気になるほどではない。痩せているせいで、安物の着物が浮かびあがって見える。

一見したところ、貧乏御家人であるが、目の奥にある輝きは、将軍世子ならではの深みを持っていた。

「本当にすまぬ。迂闊《うかつ》に動くと目立つので、しばらくはおとなしくしているように申したのであるが、聞かなかった。まったく、妙に頭がまわって困る」

家慶は顔をしかめた。それは、悪戯息子に手を焼く、市井の父親の表情と変わりない。どこでも父親は同じなのか。

「たしかに、頭のよさげな子ではありましたな」

「へえ。そうなのかい。おもしろそうだね」

新九郎が口をはさんできた。

『さかよ』の座敷には、剣次郎に新九郎、さらにかすみと家慶の四人が集まっていた。この前と同じ組みあわせだ。

「会ってみたいねえ」

「生意気なガキだぞ。口が達者で。あ、いや、これは失礼を」

「いいのだ。口がまわることはたしかだ。新九郎、おぬしといい勝負よ」

「でも、どうして、そんな子が本所にいるんですか」

かすみが割って入った。

「あんた……いえ、あなたさまの子であるなら、次の次に将軍になるかもしれないのでしょう。なのに城から出すなんて、変じゃないですか」

「そうせざるをえなかったのだ」

家慶の声は渋かった。

「敏丸は聡《さと》いが、母親の身分が低く、城にとどめていても、よいことはないと考えた。母親も町の子として生きてほしいと語っていたしな」

家慶の話によれば、敏丸の母親は旗本の養女だったが、実父は御家人、母親は町人だった。器量のよさが認められて大奥に入り、下働きを務めていた。

家慶の手が着いたのはたまたまで、数少ない契りで敏丸を身ごもった。

頭の回転が早い娘で、妊娠したと知ると、すぐに大奥を出て養家に戻り、そこで敏丸を産んだ。家慶に話をしたのは生まれてから一年後のことで、親子の対面を果たしたのは、それからさらに一年後だった。

母親の希望で敏丸は実家で育て、半年前に駿河屋にあずけられたところだった。

「あの、それって、あたしたちと同じってことですか」

かすみが目を細め、新九郎も口元も引きしめる。

「あたしらの親父さまは、さんざんに子どもを作って、あちこちにばらまきましたからね。息子であるあなたさまが、同じことをしても不思議ではないのですが……」

「いや、それは違う。敏丸は私の子としてきちんと認めた。それは間違いない」

家慶は言いきった。

「城にとどまるのであれば、きちんとした身分を授けるつもりだった。儂もできることなら手元に残したかった。放りだすとは、とんでもない話だ」

家慶が説明しても、かすみの視線は厳しいままだった。新九郎も、疑いの眼を向けている。

剣次郎たちは、同じ父親から生まれながら、身分を保障されることもなく、無《む》下《げ》に放りだされ、肩身のせまい生活を余儀なくされた。

それが心の引っかかりになっていて、同じような扱いをされている者がいると考えただけで、反応が厳しくなってしまう。

気持ちはわかるが、さすがに気の毒になって、剣次郎は口をはさんだ。

「そこまでにしておきな。家慶さまは嘘はついていない。ちゃんと子どものことを考えているさ」

「そうなの」

「ああ。顔を見ればわかるよ」

剣次郎は徳利を手に取り、家慶に勧めた。硬い表情のまま、家慶は盃を差しだし、それが満たされると、一気に飲み干した。

「まあ、旦那が言うんなら、そうなんでしょうけれど」

かすみは茶をすすった。

酒を呑まないのは調子が悪いからと言っていたが、それが嘘であることは視線を見ただけでわかった。前回『さかよ』で呑んで、剣次郎に絡んでしまったことにひどくこだわっており、今日はおさえようと考えているらしい。

気にしすぎだと思ったが、おもしろかったので、あえてなにも言わずにいて様子を見ていた。

「それでも、ただ町に放りだすっていうのはねえ」

「それも違う。駿河屋は、私の子であることを知っている。母親が駿河屋の親類で、ある武家の養女となって大奥に入った。城から出す際に、駿河屋には話をしたし、今後の面倒も見るつもりでいる」

「子どもが十人、二十人と増えても、そうしていただきたいですね」

「そこまで作る気はない。父上にはなりたくないのでな」

家慶の声は意外なほど硬く、表情も厳しかった。

一瞬でそれは消え去ったのであるが、そこに剣次郎は、将軍世子としての本音を見たように思えた。

「それで、今日、あたしたちを集めたのは、なんなのですか。子ども自慢をしたかったのですか」

「いや、違う。おぬしたちに頼みたいことがあるからだ」

「なんですか」

「敏丸を守ってほしい」

家慶の言葉に、新九郎は眉をひそめ、剣次郎も杯を持つ手を止めた。

「敏丸は、何者かに狙われている。正体はわからぬし、狙いもはっきりせぬ。ただ、得体の知れぬ連中がまわりをうろついて、なにかを企んでいることは間違いない。先日は危うく、さらわれそうになった」

「それは、うまくありませぬな」

「なぜ、敏丸を狙うのか、そのあたりが見えぬ。金が欲しいのか。ほかに考えていることがあるのか。儂の子であることが知られているとは思えぬが、確実にそうであるのかと言われれば首をひねる。事の次第を知っている者はそれなりにおるから、話が洩れていることも十分にありうる」

「じゃあ、将軍さまの孫と知りながら、手を出しているってことですか。なかなか大胆ですね」

「なにもわからぬ。決めつけるのはよくない」

家慶は三人を見まわした。

「このようなことを頼める立場にないことは重々、承知している。それでも、敏丸は儂の子。幸せになれるかどうかはわからないが、それなりの道を選んで、しっかり生きていってほしいと思う。よけいな企みに巻きこまれるのは、本意ではない。すまぬが、敏丸の身を守ってほしい。これは、本所に住むおぬしたちにしかできぬことだ」

家慶は頭をさげた。

剣次郎は驚いた。将軍世子が町民に頭をさげるなど、ありえないことだ。

身分の差は天と地ほどもあり、その力をもってすれば、頭ごなしに命令することもできる。にもかかわらず、家慶はしっかり礼を尽くし、三人に頼んできた。

剣次郎は、将軍世子の横顔を見つめた。

唇は結ばれ、目線はまっすぐに正面に座る新九郎に向いていた。手は軽く握った状態で、膝に置かれていた。

頭をあげて背筋を伸ばす姿には、強い意志の力が感じられた。

そこに嘘はない。

剣次郎が視線を送ると、先にかすみがため息をついた。

「子どもの面倒を見るのは大変なので、お断りしたいんですがね」

「かすみ」

「わかっていますよ、旦那。まあ、面倒ですが、曲がりなりにも身内ですからね。甥っ子の身が危ないとなれば、放っておくのは気が引けますよ」

「同感だね。話を聞くかぎり、生意気な小僧らしいけれど、本所の住人であることは変わりはない。それが狙われているとあれば、見逃すことはできないねえ」

「決まりだな」

剣次郎は、家慶に向けて頭をあげた。

「お話はわかりました。できるだけのことはいたします。敏丸殿のことは、おまかせください」

「よろしく頼む」

家慶は三人を見て、うなずいた。それまでの気さくさが消え、将軍世子としての力強さが前面に出てくる。剣次郎は自然と頭をさげていた。

三

翌日から、三人は、敏丸の身辺警護に入った。

話が広がるのを防ぐため、駿河屋の主人にだけ話を通し、店の者には彼らが動いていることは伏せた。

敏丸本人には剣次郎が事の次第を説明し、目立つ動きはしないように協力を求めた。

普段、敏丸の動向に気を配るのは、かすみだった。新たな売りこみ先に駿河屋を設けて、毎日のように出入りし、様子をうかがった。行かない日でも、近所の得意先に顔を出して、敏丸の周囲で変わったことがないか確認を取った。

敏丸は、寺子屋に通っており、二日に一度は外出したが、そのとき守りについたのは、新九郎だった。

気づかれないように後ろについて、周囲に気を配る一方、気になる通行人が近づくと、さりげなく両者の間に入り、万が一のことが起きないように警戒した。

敏丸は、駿河屋と関係の深い問屋によく出入りしたが、そのときも新九郎が守りについた。一刻も店から出てこないことがあったが、それでも耐えた。

その間、剣次郎は、事件の背後について調べた。

駿河屋の主に話を聞いて心あたりを探る一方で、店をめぐってなにか揉め事が起きていないかを調べた。

さらには、番頭や手代、小僧や下女を洗って、悪党と付き合いがあるかどうかを確認しつつ、彦助を動かして駿河屋に怨みを持つ者がいるか訊ねてまわらせた。

またたく間にひと月が過ぎ去ったが、目立った成果は得られなかった。

敏丸の身辺は穏やかで、物騒な連中が姿を見せることはなかった。駿河屋も大きな問題は抱えておらず、商いも順調だった。

敏丸をめぐる情勢は大きく変わらぬままで、それが三人を苛立《いらだ》たせた。

四

「あの子、本当に狙われているんですかね」

かすみに尋ねられて、剣次郎はうなった。

「あたしたちが張りついて、ずいぶんと経ちましたけれど、怪しい気配はまるでありませんよ。別段、変わったことも起きませんし。どうなんでしょう」

「同感だね。なにもなさすぎて困る。欠伸《あくび》も出ようというものさ」

新九郎は口を手でおさえた。その視線は、河岸の店に向いている。

彼らが話をしているのは本所花町の一角で、三人は蕎麦屋の縁台に座っていた。

この日の敏丸は、炭問屋の山中屋を訪ねていて、先刻から店先で店主と何事か話をしていた。ときには俵をのぞきこんで、直に炭に触っている。

子ども相手での対応でも、主人に退屈している様子はなく、むしろ、熱心に話をしていた。番頭を呼んだり、算盤をみずから弾いたりして、何事か説明しているようだ。表情にも嘘はない。

「すごいですよね、あの子。本当に頭がいいですよ」

かすみは立ちあがって、敏丸を見た。

「よく物事が見えているっていうか、ちょっと話を聞いただけで、肝心なところをつかんでしまうんですよね。この間、古着の商いの話をしたら、あっという間に流れをつかんで、勘所《かんどころ》をあたしに説明してくれましたから。大奥からの下がり物がどういうふうに流れてくるかを知ると、あたしに新しい売り方を教えてくれたぐらいですよ。それがまたおもしろくて」

「私もそう思うよ。こまっしゃくれて、生意気なところはあるが、細かいところまで見ていて、大事なところをきっちりつかんでいる」

新九郎も炭問屋の店頭を見ていた。

「この間、猪牙舟が河岸に止まっていたとき、休んでいた船頭に話しかけて、船の仕組みを知ろうとしていた。その話しぶりがいいから、たちまち船頭とも打ち解けて、しまいには櫓を握って船を操ったのだから、たいしたものですよ。物怖じしなくて、人あたりがいい。なにが大事であるかもよくわかっている」

「ちょっといないですよ、あんな子」

「そう思うよ。俺たちと違って、相当に頭がいい」

身辺警護にあたって、剣次郎は、新九郎とかすみを敏丸に紹介していた。自分たちが家斉の息子であることも明かして、しばらくは行動をともにすると説明した。

敏丸はすでに家慶から話を聞いていたらしく、素性を明かしても驚きはしなかったが、ふたりの仕事には興味を持ったようで、気になったことを訊ねていた。

それは身辺の守りがはじまってからも変わらず、供の者がいない隙を狙って、かすみや新九郎に話しかけ、町の様子や道行く者の生業《なりわい》を調べていたようだ。

「あの子、まだ十歳ですよね。髪も落としていないのに、あの振る舞いですからね。将来、どうなるのか」

「とんでもない大商人になるか、それとも手のつけられない悪党になって、裏から江戸を束ねるか。どっちになっても、おかしくありませんな」

新九郎もかすみも、人を見る目は厳しい。そのふたりが同時に褒めるのであるから、敏丸がどれほど優れているのかわかろうというものだ。

剣次郎も、何度か顔を合わせて話をしているが、聡い言動には舌を巻いた。

「話は終わったようですね」

敏丸は主人に挨拶すると、炭問屋を離れた。供の者がついてこようとするが、手を振って巧みに追い払うと、三人に近づいてきた。

その途中で、身なりのよい男が敏丸に声をかけた。顔には笑みがある。

「あれ、相模屋の主ですよ。あの方とも知りあいだったんですね」

「江戸屈指の廻船問屋と、どこで知りあったのか」

敏丸はしばし相模屋の主と話をしていたが、頃合いを見つけて一礼すると、三人に歩み寄ってきた。

「御役目、ご苦労。おかげで安心して話ができた」

敏丸の言いまわしは、あいかわらず尊大だったが、それが嫌味に聞こえないのだから不思議である。血筋のせいだろうか。

新九郎とかすみは苦笑いして、剣次郎たちから離れていく。今日のところは御役御免で、この先は剣次郎が面倒を見る。

ふたりは連れだって、竪川に沿って歩き、北辻橋を渡った。そのまま横川の東岸を北へ向かっていく。

彼方に長崎橋が見えてきたところで、剣次郎は話しかけた。

「相模屋と知りあいだったのですか」

「ああ、権兵衛殿のことか。駿河屋の主と知りあいでな。何度か顔を合わせた」

「本所のために、よくしてくれています。どれだけの者が世話になったか」

「炊きだしを見たことがある。ずっと続けてきたのだから、たいしたものだ」

敏丸の目線は、横川に向いていた。

川向こうに広がるのは、入江町の華やいだ町並みだ。まだ昼間であるが、着飾った女が道行く男に声をかける情景が見てとれる。

「色恋に彩《いろど》られた町というのは、またおもしろいものだな」

「そちらは見ないほうがよいかと。敏丸殿にはまだ早いでしょう」

「なにを言うか。色恋に年は関係なかろう。かの大徳寺《だいとくじ》の住持《じゅうじ》も申しておる。風流、吟《ぎん》じやんで、三生《さんしょう》を約す。生身堕在《しょうじんだざい》す、畜生道《ちくしょうどう》とな。年をとっても僧侶の身であっても、欲望との縁は切れぬよ」

「一休宗純《いっきゅうそうじゅん》ですか。よくご存じで」

「おぬしこそ、よく知っているな」

「前に読んだことがありましたので」

一休宗純は室町の御世に生まれた人物で、僧侶でありながら、酒を呑み、肉を喰らい、女を抱いて、さんざんに遊び歩いたという。仏像を枕にして昼寝したという話もあるほどで、破戒僧《はかいそう》として名が知られていた。

それでいて、仏法に通じ、大徳寺の住持までのぼりつめたのだから、たいしたものである。

荒廃した寺院を建て直した功労者で、ひと筋縄ではいかない人物だった。

「私も暇《ひま》なときに読んでいた。淫猥《いんわい》ではあるが、なかなかに含蓄《がんちく》がある」

「もう少し年をとってからのほうがようございましたな」

一休の狂歌は、色欲の功罪を露骨《ろこつ》に語っており、子どもが読むにはあまりにも刺激が強すぎる。はじめて読んだときには、思わず顔をしかめたほどだ。

「爺さまのようになってては困るか。気にするな。そうはならぬよ」

「そういうわけではないのですが」

剣次郎はやりにくさを感じた。

敏丸は表情の変化が読み取りにくく、なにを考えているのかよくわからない。意図的に顔の動きをおさえているのではと思えるほどで、剣次郎の眼でも、言葉の裏にある本心を見抜くのは難しかった。

「戯《たわむ》れよ。私は町の者として静かに埋もれて生きていく。ならば少々、道を外したところで困ることはあるまい」

剣次郎は、なんと言っていいのかわからず、沈黙するしかなかった。

ふたりは、春の日差しを浴びながら、川岸を歩いていく。

雨水《うすい》を過ぎると、冬の記憶は彼方に過ぎ去る。

ときおり肌寒い日はあっても、厳冬期のような身を切られるような感覚はない。昼間には温かい風が吹いて、春の到来を感じることができる。

梅香が心地よいのも、いまの季節だ。春のはじまりを感じさせる優しい香りは、剣次郎の好みだった。

「なるほど渋いのう。桜の派手さではなく、梅の優しさか」

「そこまでは考えていませんが」

「おぬしらしいと思うぞ。梅の香りは派手ではないが、確実にそこにあって、人の心に深く刻みこまれている。よいではないか」

大人びた言いまわしに、剣次郎は驚かざるをえない。どうやったら、このような考え方ができるのか。

「休んでいこう。少し疲れた」

敏丸は縁台に座った。汁粉屋の屋台が用意したもので、剣次郎はその隣に座って、汁粉と茶を頼んだ。

すぐに品物が出てきて、ふたりは口に含む。

「これは、少し甘すぎないか」

「いえ、こんなものでしょう。むしろ、足りないぐらいかと」

「おぬしの甘い物好きというのは、本当のようだな。よく、そんなに早く食べられるものだ」

敏丸は顔をしかめながらも、最後まで汁粉を食べきった。

「いい天気だな」

「誠に」

「連中はどうだ。いるか」

「いいえ、まるで見かけません。本当にいるのでしょうか」

「一度は、さらわれそうになった。何者かがいるのはたしかだ」

「探っているのですが、正体は見えません」

「このまま何事もなく終わってくれればいいがな」

ふたりは茶をすすりながら、話を続けた。それはめぐりめぐって、いつしか儒《じゅ》者《しゃ》の論評になった。

「荀子が好きなのですか」

「まあな。論語は愚痴っぽいし、孟子《もうし》は説教くさい。それにくらべると、荀子は割りきった考えで書かれているから、読んでいて心地よい」

「四書五経には入っていませんが」

「入らないだろうよ。醒めた目で世を見すぎている」

荀子は、はるか昔、漢土で学問を修めた儒者で、人の本性は悪であると断じ、ゆえに礼によって律していかなければならないと考えていた。剣次郎はさわりだけ学んだが、あまり馴染めなかったのを覚えている。

「天行《てんこう》、常あり。尭《ぎよう》のために存せず、桀《けつ》のために亡びず。これに応じるに治をもってせば、すなわち吉。これに応じるに乱をもってせば、すなわち凶。そう言いきってしまうほどだ。政がうまくいけば、天がよい日々をもたらしてくれると思う連中には受け入れられまい」

天は別段、人のことを考えては動いておらず、聖王が出ても嵐は起きるし、暴君が支配しても暖かい春の日は訪れる。単純に人間の世界と天は切り離されており、人の生きざまで天候が変わることなどありえない。だから、人のために人は政をしなければならない。荀子は、そのように言いきる。

「災禍《さいか》が訪れるのだとすれば、天候をうまく活かすことができない人のせいだと荀子は言う。ごもっともだと思う。いまでも天候が悪いと、政がよくないせいだと言うが、そんな馬鹿なことはない。天は常はそこにあり、活かすも殺すも私たち次第だよ」

剣次郎は、敏丸の聡明さに驚いた。十歳の身で、そこまで考えることができるとは信じられない。思わず息を吐く。

「どうした。妙な顔をして」

「己の小ささに呆れ果てています。そのような考え、敏丸殿と同じ年にはできませんでした。いや、いまでもそうかもしれません」

　剣次郎が十歳のときには、預け先の旗本屋敷で暮らしていた。

　出自は明かされておらず、わけのわからないまま、剣術や勉学に励んでいた。

自分のことだけで精一杯で、天下や政について思いを馳せることなどなかった。

「ひどく鬱屈《うっくつ》していました。お恥ずかしいかぎりです」

「よくわからぬが、私も鬱屈しておるぞ。見た目ほど、ほがらかというわけではない。なにせ、父に放りだされて、町方で暮らすことになった。この先、士分に戻ることはないし、己の出自について語ることもない。とある商家の子で、駿河屋に面倒を見てもらってやってきたという話が、ずっとついてまわるだろうな」

「承知しております」

　剣次郎も同じ立場だ。養家が知りあいからあずかった子として、いつでも紹介されていた。

「だがな、それも悪くないと思うのだ」

「なぜですか」

「しがらみがないからな」

　敏丸は笑った。

「千代田の城から追いだされて、いまの私はなににも縛られていない。どこへでも行けるし、なにをやってもよい。どんな仕事でもできる。両替屋をやってもいいし、廻船問屋に勤めてもいい。天秤と籠を借りて、明日から棒手振をやってもいい。そういうことだ。縛りがないのは、たまらなく気持ちがいい」

敏丸は立ちあがって、腕を上に伸ばした。

「城から追いだされたとき、なんだかわからない偉い者に、好きにしてよいと言われた。これから、我らと私はなんのかかわりもないと。向こうは面倒に思っていったのかもしれぬが、こちらにとっては望むところよ。あんな武家のしがらみから解き放たれるのであれば、どんなことでもするさ。なにもかもなくなって、こうして町を歩いていると、すごくよい気分だ」

「血筋は気にならないのですか」

剣次郎が問うと、敏丸は穏やかに応じた。

「ならないといえば、嘘になる。どうせ、この縛りから逃《のが》れることはできぬ。だが、表向きはないことになっているし、どうせ、この先もあきらかにすることはない。私はどこまで行っても私だ。ならば、隠すことなく、己を出していけばいい。血筋を気にして、やりたいことをやらずにいるのは、意に反するのでな」

躊躇《ためら》いのない口調に、剣次郎は衝撃を受けた。

その考えは、自分にはなかった。

彼の頭には、常に将軍の血があり、そこから逃れることはできなかった。同心として本所で役目を果たしていても、正しくない出自の者が堂々と町を歩いて、町の安寧を守ってよいのかという割りきれない思いが残っていた。

将来についても、思いを馳せることはできなかった。この前のおまちのことですら、夢か幻のようで、血の呪縛は永遠に切り離せないと思っていた。

だが、敏丸の振る舞いを見るかぎり、単なる思いこみだったのかもしれない。考えすぎていた自分に、ようやく剣次郎は気づいていた。

「そろそろ戻りましょうか」

剣次郎は立ちあがった。

「駿河屋も心配していると思います」

「そうするか。業平天神社はそのうちに行くとしよう」

「なぜ、そこに」

「在原業平《ありわらのなりひら》に縁のある地なのだろう。かの者は、女にもてたと聞く。それにあやかりたいと思ってな」

「そんな」

「百人一首の句もなかなかよいぞ」

敏丸は業平の歌を諳《そら》んじた。たいした記憶力だった。

「そういう話だったら、新九郎にしてくださいい。渋い顔で教えてくれますよ」

「だったら、そうしよう」

敏丸は目を細めて、剣次郎を見あげる。

「おぬし、なにかよいことがあったか。顔がすっきりしている」

「べつになにも。ただ、気持ちが切り替わりました」

剣次郎は、心を覆っていた雲がようやく晴れるのを感じていた。

五

十日後、剣次郎はかすみと新九郎を呼びだした。

「珍しいですね、旦那が声をかけるなんて。しかも、こんないいところへ」

新九郎は欄干に身をあずけて、視線を大川に向けた。

屋根船が三隻、連《つら》なるようにして、上流に向かっている。簾《すだれ》がおろされているので、誰が乗っているのかはわからなかったが、船の造りがよいことから、どこかのお大尽《だいじん》が使っているのだろう。水面を漂う姿には、風情がある。

土手で子どもたちを集めているのは、飴売りだった。大きく手を振りまわすと、やわらかい飴が渦を描いて、固まっていく。

『とませい』は、本所藤代町にある料理屋で、河岸に建っていることで知られている。大川をのぞむ光景はすばらしく、両国で花火があがる際には、馴染みの客で満員になる。八百善《やおぜん》で修業した料理人を連れてきており、魚の活け造りは、わざわざ日本橋や上野の通人《つうじん》が食べにくるほど有名だった。

「値は張りますが、それにふさわしい店ですよね。ここ」

かすみが座敷を見まわした。

「よく、おさえられましたね」

「いや、この店、前につまらねえ連中にたかられていてな、追い払うのに、手を貸したんだよ。それをえらく感謝されて、礼がしたいから一度、来てくれって言われていた。気にせず放っておいたんだがな」

「それが、どういう風の吹きまわしで」

「たまには、甘えてみるのもいいかと思ったんだよ。たからない範囲でな」

「珍しい。いつでも肩肘を張って、しかめ面ばかりだったのに。なにかあったんですか」

「なんだよ、その言いぐさは。奢《おご》ってやらねえぞ」

気さくな言いまわしに、新九郎もかすみも驚いたようだった。剣次郎もここまで気を抜いて、ふたりと話をしたことはない。

魚料理が出てきて、それが食べ終わったところを見計らって、剣次郎は先日、敏丸と話したことを語った。

「己で縛っていたか。たしかにそうかもしれませんね」

新九郎は酒をすすった。

「私は私で、それ以外の何者でもない。将軍の血を背負っていても、それが顔に書かれているわけでもない。人が見たってわかりゃしませんよね。あたりまえの話だ」

「そうですね。たとえ知られたところで、そうそう態度が変わるわけでもないんですよね。あきさまなんか、いつでもあたしをからかってばかりで」

「あの人はすごいよね。私もさんざんに遊ばれたよ」

川崎屋の女房は、三人が将軍の子であることを知っている。だが、態度を変えることなく、ごく自然に接してくれる。

剣次郎も二度、顔を合わせていたが、おおらかに振る舞う一方で、ときおり見せる鋭い眼光に驚かされたものだった。

出自について事実を告げれば、誰もが驚くだろう。

だが、本当に態度が変わるだろうか。少なくとも、手下の彦助や上役の的場《まとば》文三郎はこれまでと同じように話をしてくれると思う。

「人を信じすぎなかったのかもしれねえな」

剣次郎はふっと息を吐いた。

「将軍の血を引いていると知られれば、誰もが騒ぎたてると思いこんでいた。相手の人柄も考えねえでな。付き合いが長ければ、俺たちに寄り添ってくれる者もいる。だったら、もっと好きにやってよかったのかもしれねえ。人目を気にせずにな」

「ごもっともだけど、いまさら、そんなことを言われてもねえ」

「まったく。この年になってはねえ」

「そうでもないさ」

剣次郎はふたりを見た。

「敏丸殿とは言わなくとも、俺たちだって、まあ、若い。いまからでもやりたいことはできるさ。たとえば、俺はもうすぐ隠居だ。なにもしなくていいということは、なにをやってもいいってことだから、なにかおもしろいことをはじめてみるのもよかろう。商いとか、物書きとか」

「戯作でも作るんですか」

「まさか、そこまでは無理だよ。ただ、日々、起きたことを書き残して、のちの世に伝えることはできるさ。代書屋の手伝いでもしながら、本所細見《ほんじょさいけん》を書くのも悪くねえ。そうだろう」

「驚きました。そんなことを考えていようとは」

「おまえたちだってそうだ。新九郎は、入江町の顔役になって町をまとめる一方で、余所者《よそもの》が悪さしないように目を光らせる。そのうちに入江町だけでなく、他の町の荒くれ者どもとも手を取りあっていく。そうすれば、武家の連中が変な言いがかりをつけてきても、町の連中を守ることができるだろう」

「本所を守る悪党ですか。それはおもしろそうだ」

新九郎はかすみを見た。

「それならば、おまえさんも、もっとやれそうだね。女番頭にのしあがって、川崎屋を裏からまとめていく。商いをさらに伸ばすもよし、頃合いを見て、新たに店を立てるのもよし。いいんじゃないか」

「女店主か。そいつも、おもしろいな」

剣次郎が笑いかけると、かすみは顔をわずかにゆがめた。

「じつは、それ、もう言われているんです。旦那さまとあきさまから」

かすみは、川崎屋の番頭が近々独立するので、番頭として店を仕切ってみないかと持ちかけられた、と語った。ひとりではなく、複数の番頭が並ぶ形になるが、それでも女物の仕入れは彼女に一任するとのことだった。

「正直、目立つのは嫌ですよ。だけど、おもしろい話だと思ったこともたしかで。やっぱり、あたしは着物を売っているときが、いちばん楽しいんですよ」

「三河屋の若旦那はどうする。輿入れの話は出ているんだろう」

「ありますね。けれど、番頭を引き受けるとなれば、難しいことになりますね。うん。ちょうどいいかもしれません。一度、考えてみますよ。本当にやりたいことをね」

「そうだな」

かすみは小さく笑い、新九郎はうなずいた。

剣次郎は、懐から流星剣を取りだした。引き抜くと、刃が輝く。

将軍の血を引いていることは、いまさら変えられない。

ならば、素直に受け入れて、先のことを考えるべきであろう。恥じたり、卑屈になったりする必要はなく、あるものとしてやっていけばいい。

この先、剣次郎の人生がどうなっていくかはわからない。

だが、いつか、その身の上を語るべき相手が現れるかもしれない。

おまちに対してできなかったことが、自然にできるようになれたら、それはすばらしいことだろう。

「やりたいようにやるか。おもしろそうだ」

新九郎の言葉に、かすみもうなずいた。

「そうだね。駄目だったら、謝ればいいんだし」

「わかってくれる人は出てくるさ。気楽にいこう」

剣次郎は笑った。

「敏丸殿と話したおかげで、いろいろと踏んぎりがついた」

「子どもに諭《さと》されるっていうのは、どうなんですかねえ。向こうは十歳ですよ。どっちが大人なんだか」

「あの子と話していると、自分が子どもになった気がしますよ」

三人は顔を見あわせて、笑った。

はじめて肩の荷がおりた感覚を、全員が味わっていた。


その後の飲み食いは、楽しいものとなった。奢りとあってか、新九郎もかすみも容赦なく料理を頼み、灘《なだ》の名の通った酒を立て続けに注文した。剣次郎は顔をしかめつつも拒むことはなく、普段ならば頼まない酒を、さんざんに呑んだ。

思いのほかうまい謡を披露して、かすみと新九郎が驚いたりもした。

勘定は高額になったが、店の主が半分を払ってくれた。全額という申し入れもあったが、それは剣次郎が拒んだ。そこまでは甘えきれない。主人には苦笑されたが、素直に受け入れてもらえた。

さんざん楽しんで帰った翌日、剣次郎を待っていたのは、予想外の知らせだった。

六

「本当なんですか。あの子がさらわれたって」

かすみが話しかけてくると、剣次郎は渋い表情でうなずいた。ちょうど駿河屋から出てきたところで、彼もようやく事の次第を知ったところだった。

「ああ、やられた。迂闊だった」

「いったい、どうやって」

「ここじゃ話せねえ。付き合え」

剣次郎は、近くの蕎麦屋の二階にかすみを引っ張っていった。

窓を開ければ、駿河屋が見える。店の様子は普段と変わりなかったが、それは主人がそのように振る舞うように命じていたからだ。

「あの子、ずっと駿河屋にいたんでしょう。なのに、どうして」

「うまくやられたんだよ」

蕎麦を注文すると、剣次郎は忌ま忌ましげに口を開いた。

「店の者に声をかけて、敏丸殿を呼びだした。ほら、あいつ、誰にでも声をかけるだろう。大工だろうが棒手振だろうが、かまわず、どんな仕事をしているのか、根掘り葉掘り聞いて、自分のために役立てる。あのあたりの住人だったら、そのことは誰でも知っているから、大工の使いだって言われて、気にもせず敏丸に取り次いでしまったんだよ。店の裏手でしばらく話をしていたようだが、大きな声がして、手代が行ってみると、さらわれたあとだったたってわけだ」

「昨日のことなんですよね、それ。昼間ですか」

「ああ、近くで話を聞いてみたが、手がかりはなかった。そこそこ人通りがあるから、子どもを連れていれば目立つはずだが、誰も見ていねえ」

「いったい、誰がやったんですか」

「わからねえ。だが今日になって、書状が来た。敏丸殿を返してほしければ、二千両を用意しろってことだ」

「二千ですか」

かすみは青くなった。

驚くべき額だが、駿河屋ならば払うことができる。それを見越して請求してきたのだろう。

「どうするかは、まだ決めちゃいねえ」

剣次郎の声は低くなった。

「大事なのは、敏丸殿を取り返すことだ。金を払って片がつくならば、それでもいいが、これだけのことを仕掛けてきた連中だ。たやすく金づるを手放すとも思えねえ。いつまでも奴らの言いなりということもありうる」

「下手に逆らったりすると大変ですよね」

「ああ、なにをしでかすかわからねえ。場合によっては人質を……」

「やめてください。そんな話、聞きたくありませんよ」

かすみが両手で耳をおさえた。注文の蕎麦が届いたのは、そのすぐあとだった。

「とにかく食え。腹が減っては、戦はできねえ」

「わかりました」

ふたりはそろって蕎麦を食べた。

「あまり味がしませんね」

「俺もよくわからねえ。事が終わったら、もう一度、食べにこないとな」

「どうやったら事を終わらせることができるのか、あたしには見当もつきませんよ。手がかりもないのでしょう」

「これまでの流れから見て、家慶さまが気にしていた連中がかかわっていると見るべきだろうな」

ただ、その狙いはどこにあるのか、まだはっきりしない。二千両を求めてきたが、それだけなのか。

敏丸が将軍の息子と知っていて、この誘拐劇を仕掛けてきたのか。あるいは、なにも気にせず、金持ちの子どもを狙っただけなのか。

わからないことだらけだった。

「とにかく手がかりを探さねえと」

「こういうときに新九郎がいないなんて。あの馬鹿なら、本所の裏でなにが動いているのかつかめるのに。いったい、どこをほっつき歩いているのか」

「猫の手も借りたいところだが……」

剣次郎は駿河屋を見た。

すると、店の前で左右を見まわしている男がいた。知った顔だ。

新九郎の子分で、名は八十助《やそすけ》といい、義右衛門《ぎえもん》という爺さまと組んで、本所で悪さするごろつきと戦っている。

義右衛門に振りまわされているようだが、じつのところ、八十助はできる男で、本所の各所に網の目を張り、知らない悪党が入りこんできたら、早々に迎え撃つ仕組みを作りあげていた。

ここのところ、本所の武家が悪さをしていて、町民と揉めることが多かったが、それも八十助の仕組みのおかげで、最小限におさえることができていた。

もしやと思い、剣次郎が手を振ると、八十助は駆け寄ってきて、下から声をかけてきた。

「旦那、新九郎さんがお待ちです。来ちゃもらえませんか」

「そちらから来いと言え。俺たちは駿河屋の様子を見ていたい」

「それができない理由《わけ》がございまして。申しわけありません」

八十助の表情を見るかぎり、口にはできないなにかが起きているようだ。ならば、しかたがない。

剣次郎は腹をくくると、かすみに声をかけて、蕎麦屋を出た。

一ツ目之橋の北詰に出たところで、恰幅《かっぷく》のよい男から声をかけられた。

「これは、矢野さま」

「おう。相模屋か」

「ご無沙汰していて、申しわけありません」

相模屋権兵衛は、丁寧に頭をさげた。品のよい笑顔を浮かべている。

「なにかありましたか。お急ぎのようですが」

「ちょっと面倒が起きてな。あわただしくてすまねえな」

「こちらこそ声をかけて、すみませんでした」

そう言いながらも、権兵衛は彼から離れることなく、話を続けた。内容は商いのことで、敏丸のこととはまったくかかわりがなかった。

剣次郎は苛立ってしまい、つい声を荒らげた。

「すまねえが、急いでいる。話はまた今度な」

「ああ、これは申しわけありませんでした。なにかありましたら、ぜひとも声をかけてください」

「ああ、よろしく頼むぜ」

剣次郎は権兵衛を見て、思わず眼を細めた。

相模屋の主は笑みを浮かべていた。だが、それは常とは大きく異なる。楽しんでいる表情ではなかった。深い闇が奥にある。

気になったが、剣次郎はあえて声はかけず、その場を離れた。急ぎ一ツ目之橋を渡った。

八十助に案内された先は、本所弁天前の女郎屋だった。宮本《みやもと》という新九郎の馴染みで、彼らが到着すると、すぐに奥に通された。

「旦那、来てくれましたか」

「わざわざ呼びだすことはなかろう。あっ」

そこで剣次郎は、上座に家慶が座っていることに気づいた。

「これは若さま」

「すまぬな。勝手をさせてもらって」

「いえ、かまいませぬ」

家慶が出てきているのなら、やむをえない。町をうろついて、正体が露見することになったら、一大事だ。

「敏丸殿のことですか」

「ああ。話は聞いた」

「昨日の今日でよく……」

「我が子のことだからな。放ってはおけぬさ」

将軍世子は忙しい。まもなく家斉が隠居して、家慶が将軍に就任するという噂もあり、城を出てくるのは大変な労力が必要だったはずだ。

剣次郎は、家慶の敏丸に対する愛を感じた。

「申しわけありません。不覚を取りました」

「いや。駿河屋にいるところを狙われたのであるからしかたない。相手が一枚、上手だった」

家慶は、敏丸を連れだした駿河屋の手代が行方をくらましていると語った。

「おそらく一味だったのだろう。うまくやって逃げだしたといったところか」

「敵が懐にいたと。では、我々の動きも」

「見透かされていただろうな。だから、駿河屋にいるときに動いたのだろう」

「やられました。こんな手を使うとは」

「終わったことを、とやかく言ってもしかたがない。大事なのは、このあとだ」

家慶は剣次郎を見やった。

「要求は二千両だったな」

「はい」

「金で済むなら、すぐにでも支払う。なんとか助けてやりたい」

「はい。なんと言いましても敏丸殿は若さまの御子ですから」

「それもあるが、先のある者が無惨に殺されるところは見たくない。敏丸の人生はまだこれから。儂のように、人生のくだり坂に差しかかった者とは違う」

家慶は言いきった。

「もしやすると、この先、あのような若者が時代を切り開いていくのやもしれぬ。我らのように、地に縛られてはおらぬゆえにな」

家慶も同じことに気づいていたか。

敏丸は自由で、どこへ飛ぶこともできる。それだけの才覚は持っている。

「あの者は、世界を大きく変えてくれるかもしれぬ。ならば、安易に見捨てることはできぬ」

天保の御世になって、時代は大きく動いている。各地で一揆も増え、商人も武士に反論するようになった。外国船も増え、蝦夷《えぞ》には露西亜《ろしあ》の民が頻繁に姿を見せているとも聞く。この先、どうなるかまるで見えない。

そのときに未来を作るのは、敏丸のような柔軟な子どもかもしれない。

「そう思います。なんとしても救いだしましょう。敏丸殿のために、そして、家慶さまのためにも」

「儂のためか」

「はい。家慶さまは敏丸殿のために、わざわざ城を抜けだし、我らと話しあう機会を作ってくださいました。いままで、そのようなことはなかったのでは」

家慶は、間を置いて応じた。

「そうだな。儂はずっと父上の言いなりだった。逆らうことなど一度も考えず、この先も同じことが続くと思っていたが、どうやらそうではないのかもしれぬ。変えるにはよい機会かもしれぬ」

「さようで」

「よし、わかった」

家慶は剣次郎、新九郎、かすみと視線を移した。

「こたびの件、おぬしたちにまかせる。手は貸すので、うまくやってくれ。大事なのは、敏丸を助けること。そこだけは外すな」

「承知いたしました」

剣次郎のみならず、新九郎もかすみも頭をさげていた。

「して、どう動く」

家慶の問いに、剣次郎は応じることができなかった。うまい策が思い浮かばなかったからだ。

代わって話しはじめたのは、新九郎だった。

「あまり考えないのがよいのではありませんかね」

「どういうことだ」

「渡してしまえばいいんですよ、金をね」

言いきる新九郎に、残りの三人の視線がいっせいに集まった。

七

約束の刻限に、剣次郎と新九郎は、源森橋《げんもりばし》からわずかに南に入った武家屋敷の裏に姿を見せた。周囲は闇に包まれており、大川から吹きつける風も冷たい。

源森橋は本所の外れであり、これを越えれば、江戸から飛びだしてしまう。橋の向こう側にある水戸《みと》家の下屋敷は周囲を畑に囲まれており、風景が町中とはまるで違う。

ふたりは江戸の境目に立つ形で、相手を待った。

人の気配がしたのは、四半刻が過ぎ、雲の陰に隠れていた月が姿を見せてからだった。白い光に照らされて、三人の武家が歩み寄ってくる。

全員が惣髪で、手入れのされていない着物を身にまとっていた。右の男には、頬に大きな傷があり、暗闇のなかでも人相が悪いことがわかった。

「おや、あやつらは」

「知りあいか」

「まあ、ちょっと前にね」

新九郎の発言は意外だったが、あまり気にしてもしかたがない。

剣次郎は前に出て、中央の男に話しかけた。

「おぬしらか。あの子をさらったのは」

「人聞きが悪い。一緒に来てもらっただけだ」

男は太い声で応じた。口元には卑しい笑みが浮かぶ。

「だったら、返してもらおうか。金はなしでな」

「それは困る。あいつは贅沢で、それなりに金をかけている。二千両はもらわなければ、割が合わねえ」

「達者な口先で、ありがたい話だ」

剣次郎は、指先で大川を示した。

「金は持ってきている。近くの船だ。ただし、今日は半分の千両だがな」

「どういうことだ」

「あの子が無事であることを確かめたい。正直、仏に金を払うつもりはない」

「無事だよ。間違いなくな」

「信じられぬ。目に見える証しが欲しい」

剣次郎が強気に出ると、三人は顔を見あわせて話をした。そのうちに、中央のひとりが出てきて、懐から着物の切れ端を取りだした。

「見覚えのある柄だ。でも、これだけじゃあね」

新九郎は肩をすくめた。

「私がついていこう。無事な顔を見るまでは、金は渡せない」

「駄目だ。ここで渡してもらおう。嫌ならば、それまでだ」

「おまえさんたち、本当にそれで、私たちから金を取ろうと思ったのかい。だったら、いささかこっちを舐めていないかね」

三人は、同時に顔をしかめた。

そこに嘘はない。痛いところを突かれて、気分を害している。

三人は腹芸が苦手なようで、剣次郎にとっては与《くみ》しやすい相手だった。

中央の男が露骨《ろこつ》に視線を逸らしてくれたおかげで、たやすく隠し事の存在を見抜くことができた。

「ほかにも、なにかあるんだろう。こんなところでうろうろしていると、夜の女に見つかるかもしれねえぜ。さっさと出せ」

剣次郎にうながされて、右端の男が袖から絵札を出した。

そこには、他の文字に上書きする形で、私は無事、と書かれていた。筆跡は、敏丸のものであった。

「これは百人一首の札かい。まったく、もう少しよいものを選びなよ」

「知らねえよ。あのガキが持っていて、それに書いたんだよ。こっちはもう少しましなものを使うつもりだったんだ」

「無事とはあるが、これだけじゃあてにならないねえ。やっぱり私が……」

「いや、いい。ここまでしてくれれば十分だ。持っていきな。残りの半分は、追って用意する」

何事かつぶやこうとする新九郎を、剣次郎は目で制した。

三人はうなずくと、大川に向かった。闇に人影が消えたところで、新九郎がささやく。

「どうしたんですか。あれじゃあ、こっちの丸損ですよ」

新九郎は、女郎屋での話しあいで、早々に金を渡すことを申し出た。それは、金を出すことで敵を動かし、そこから相手の本拠を探る策だった。

敵の出方がわからない以上、こちらから動いて、反応を引きずりだすやりかたは正しい。だから、剣次郎も賛成し、下手人とのやりとりで、敏丸の居場所を確かめ、連れだす算段を考える手筈だった。

「いや、かまわねえ。居場所は見当がついた」

剣次郎は渡された札を振った。

「これだよ。ここに書かれた上の句、読んでみろ」

「千早《ちはや》ぶる神代《かみよ》もきかず竜田《たった》川《がわ》ですか」

「下の句は、からくれなゐに水くくるとは、と続く。在原業平の歌だよ」

「業平って、あの……」

「そうだよ」

敏丸は、剣次郎と業平の話をしたことを覚えていたのだろう。だから、わざわざ、この札に自分が無事であることを示した。

「業平。それが第一の手かがりだ」

「ですが、それだけでは広すぎてわかりませんよ」

「そこで、この一首よ。神代の時代にも聞いたことがない。竜田川の水面が、紅葉でこんなに赤くなるとは、という意味だ。おまえさんも知っているだろう。この界隈にある紅葉の見所を」

あっと、新九郎は声をあげた。

「秋葉《あきば》神社か」

「そうだ」

秋葉神社の紅葉は、名所案内にも載るほど有名で、数十本の木が時季になると、いっせいに赤く染まる。

「業平から秋葉神社をつなぐ線。そのどこかに、敏丸殿はいる」

剣次郎は言いきった。それは、強い確信だった。

八

剣次郎たちが動いたのは、その翌日からだった。

業平から曳舟川《ひきふねがわ》に沿う格好で向島方面に赴き、周辺を調べてまわった。途中で怪しい小屋や廃寺があれば、様子を見て確かめたし、浪人やごろつきがうろついているのを見かけると、周辺の農民や商人に声をかけて、話を聞いた。

手間はかかったが、思いのほか早く成果があがった。

調べをはじめてから三日後、それらしい寮を見つけた。

曳舟川から南に入った先に、一軒家が建っていた。周囲は高い草で覆われていたが、出入口につながる道は整っていた。

寮の手前には、浪人とおぼしき武家が周囲を警戒していた。

「ここだな。間違いない」

剣次郎の言葉に、新九郎もかすみも同意した。

あとは仕掛けるだけだった。

寮の場所を特定してから二日後、三人は寮の近くに集まって時を待った。近づいたのは、陽が落ちて、周囲が闇に包まれてからである。

今日も、生け垣のかたわらには、険しい眼をした男が立っていた。振る舞いからして、浪人だろう。先刻から、刀の柄をさかんに撫でている。

「さて、どうしますか」

新九郎が話しかけてきた。

「向こうは、こっちが居場所を突きとめたことを気づいていない。時をかけて追いこむこともできますが」

「まだるっこしい。ここまで来たんだから、さっさと決着をつけてしまおうよ」

かすみが応じる。

濃い紫の着物を身につけているのは、闇夜に隠れて目立たないようにするためか。簪もなく、帯も地味だった。

「気づかれて動かされたら、もとの木阿弥《もくあみ》だよ」

「同感だね。ここは勝負すべきかと」

新九郎とかすみに視線を向けられて、剣次郎はうなずいた。

「わかった。いこう。ぬかるなよ」

剣次郎は先に立って、寮に近づいた。

満月の白い輝きがあたりを照らし、桜の花びらが風に吹かれて舞う。

川のせせらぎが彼方から聞こえてくる。わずかに音が乱れたのは、魚が跳ねたからであろうか。

剣次郎は、春の空気に満たされた夜の道を進む。

寮に近づいたところで、浪人がこちらに顔を向けた。提灯をつけ、堂々と正面から近づけば、気づきもしよう。

「よう」

相手が気づいた瞬間、剣次郎は神速で踏みこんで、鞘ごと脇差を抜き、首を叩いた。

「あっ。おまえは……」

「本所の守り神だよ。もっとも、たいしたことはできねえが」

「誰だ、貴様は」

強烈な一撃に、浪人は気を失って倒れる。

だが、その身体が生け垣にもたれかかって、大きな音を立てたことから、雨戸が開いて、ごろつきが飛びだしてきた。

その数は十人。思ったよりも多かった。

「おめえ、同心の矢野か。どうして、ここが」

浪人が吠えた。頬の傷には見覚えがある。

「わかるさ。自分たちで考えているより、おまえたちは目立っていたんだよ」

「あら、知った顔がいるね。こんなところにいたのかい」

かすみの声に顔をゆがめたのは、右端の浪人だった。ひどく汚れた格好をしており、月代の手入れも怠《おこた》っていた。

「武藤のところの奉公人だね。爺が閉門になって、行き場をなくしたかい。つるんで歩いているときは、威張り散らしていたのに」

武藤惣三郎は、町民を売り飛ばして金儲けをしていただけでなく、大物大名と手を組み、さんざん悪事を働いていた。事が露見して処罰の対象となったが、切腹まで追いこむことができず、剣次郎は悔しい思いをしていた。

「私も知っている奴がいるよ。耳を切り飛ばされても、まだ懲りないとはね」

縁側の男が憎悪の目で、新九郎を見ていた。その右耳はなく、大きな傷跡が残っている。

母子を脅していた連中を成敗した……新九郎がそう言ったのは、去年の秋だったか。

たちの悪い連中がおり、気をつけろと剣次郎が警告した直後、新九郎は動いた。派手にやるのだろうとは思ったが、注意をうながすことはしなかった。報いを受けて当然の連中だったからだ。

気をつけて見れば、剣次郎にも心覚えのある顔がある。

先だって、出藍館を狙っていた連中だ。

手加減して叩きのめしただけで済ませたが、それがうまくなかったらしい。江戸に残って悪さをしていた。

「誰か、背後で糸を引いているな」

剣次郎は刀に手をかけた。

「そうでなければ、これだけ人を集めて、好きに動かせるはずがねえ。誰だ、黒幕は」

「俺たちが言うと思っているのかよ」

傷の男が応じると、剣次郎は笑った。

「言ってもらうさ。俺たちから逃《のが》れられると思うなよ」

眼、地獄耳、口車の三人がそろえば、わからぬ事柄《ことがら》はない。本所界隈ならば、なおさらだった。

「こうなれば、破れかぶれだ。やっちまえ」

傷の男が長脇差を抜いて、襲いかかってきた。仲間もそれにならう。

剣次郎も刀を抜いて、それに応じる。みずから間合いを詰めると、傷の男と刃を合わせる。一瞬の鍔迫りあいのあと、その右腕を斬り飛ばす。

血飛沫が舞って、悲鳴があがる。

かたわらでは、新九郎が棒を振りまわしていた。

今日はいつもと違う、灰色の鉄棒を手にしている。長さは短めだが、重さは桁違いで、当たれば骨まで砕けるだろう。

正面から行った浪人は棒に刀を折られ、上からの一撃で肩の骨を粉砕され、その場に崩れた。

「まったく、おまえみたいな屑《くず》がいるから、女が泣くんだよ」

新九郎が新たに対峙したのは、おくにの元亭主である玉介だった。耳を斬られた玉介は、新九郎の棒を見て怯えきっていた。

「女の悲しみ、思い知れ」

強烈な一撃を胴に受けて、玉介は悶絶した。骨の折れる音が、派手に響く。

女房と子どもをさんざんにいじめたのだから、当然のことだ。

鋼の触れあう音がして、彼が視線を転じると、かすみが流星剣を抜いて、武藤家の奉公人と立ち合っていた。

「どれだけの女が、あんたたちに泣かされたか」

かすみは、みずから間合いを詰める。

「聞いているよ。あんた、口先だけで、ろくに刀は使えないんだろう。前の奉公先で、いきがって脇差を抜いたら、素手の仲間にさんざんにやりこめられたって。それでいて威張り散らしているんだから、阿呆《あほう》らしいね」

「くそっ！」

挑発に乗って、奉公人が脇差を振りあげた。しかし、腰が入っておらず、身体が大きく左に傾く。

そこを狙って、かすみは踏みこみ、流星剣で脇腹を斬り裂く。

悲鳴をあげたところで、今度は髷を斬り飛ばす。

うめき声をあげて、奉公人はさがった。

「かすみ、大丈夫か」

「平気ですよ。これぐらい。旦那は奥に」

「わかった」

剣次郎は前に出て、峰で浪人の肩を打ち砕いた。前に倒れてくるところを押しのけると、一気に遠縁に駆けあがり、障子を開ける。

座敷では、浪人が敏丸に刀を突きつけていた。

切っ先は、頬に近いところで細かく震えている。

「来るな。近づくと刺す」

「やめろ」

剣次郎は手を振った。

「万が一のことがあったら、ただでは済まんぞ」

「なにを言っている。こんな町民の子」

「知らんのか。その方は、徳川家慶さまの子、敏丸殿だぞ。傷ひとつつけてみろ。文字どおり、首が飛ぶぞ」

剣次郎の言葉に、男は顔をゆがめた。

「馬鹿を言うな。将軍の子どもが、こんなところにいるはずがない」

「将軍ではなく、世子の子だ。勘違いするな」

実際は、将軍の子もいるのだが、それを話したところで意味はない。

話をしていて剣次郎は、自分が将軍の血について重みを感じていないことに気づいた。縛りはもはやない。

「いいから放せ。もうおしまいだ」

「ふざけるな」

「剣次郎、後ろだ」

敏丸の声に剣次郎が振り向くと、浪人のひとりが飛びこんできて、刀を振りあげたところだった。

強烈な一撃をかがんでかわすと、その腹を斬り裂く。

振り向くと、浪人が敏丸に刀を振りあげていた。

間に合わないと見て、咄嗟《とっさ》に剣次郎は、懐の流星剣を放り投げる。

敏丸は斬撃を巧みにかわして、流星剣を受け取る。

立ちあがったとき、刀はすでに抜かれていた。

鋭い一撃が、浪人の腹を斬り裂く。

悲鳴をあげつつも浪人は刀を振りあげたが、それを待っていたかのように敏丸は踏みこんで、さらにその右目を縦に斬った。

浪人は顔をおさえて、その場にうずくまった。

「感謝する。これがなかったら、やられていた」

敏丸は笑ったが、剣次郎はその手並みに驚かざるをえなかった。

「見事な太刀筋でした。剣を学んでおられたので」

「城にいるころ、父と一緒にな。なかなか、おもしろかったぞ」

「新陰流《しんかげりゅう》ですか」

どれほど学んだかはわからないが、躊躇《ためら》うことなく刃を振るうあたりは、さすがである。

「どうやら終わったようだな」

敏丸が外を見る。いつしか騒ぎはおさまり、座敷には静寂が広がっていた。

剣次郎は肩の力を抜くと、敏丸を伴って遠縁に出た。

その先には、微笑みを浮かべる新九郎とかすみの姿があった。

九

剣次郎が奥座敷で腰をおろすと、すぐに障子が開いて、茶の縮緬に濃紺の袖無し羽織をまとった男が現れた。

小肥りだが、それが男に貫禄を与えている。鬢は白く、顔の皺も深かったが、貧相な印象はどこにもなかった。さすがに、大店の主といったところか。

対応が迅速だったのは、彼が来るのを待っていたからだろう。

「お待ちしておりました。矢野さま」

「いつぞや以来だな。こんな形で顔を合わせることになろうとはな」

「まったくで。お手数をかけます」

相模屋権兵衛は丁寧に頭をさげた。声は低いが、淡々としている。

これは駆け引きが通用する相手ではない。ならば、正面から堂々と勝負に出るべきだろう。

「さて、時が惜しいので、挨拶は抜きにさせてもらう。今日は、こうして黒羽織を着てきたが、べつに御用の筋があってのことではねえ。もっと大事な話をしに来た。なんのことだかわかるな」

「いえ、残念ながら」

「とぼけるなよ。敏丸殿のことだ。おぬし、なぜあの者をさらった」

権兵衛は答えなかった。顔をあげずに目を伏せる。

剣次郎の能力を知っていて、表情を見られまいとしている。さすがの振る舞いに感心せざるをえない。

相模屋権兵衛については、いまさら語るまでもない。

廻船問屋で、本所屈指の金持ちだが、篤志家《とくしか》であり、町民に情け深い施しをすることで知られている。本所で、彼のことを悪く言う者はいない。

だが、悪事とは縁遠いはずの男が、今回、敏丸の事件に深くかかわっていた。

それがわかったからこそ、剣次郎はあえて相模屋を訪れて権兵衛と会う機会を持ったのである。

「話は聞いた。奴らを雇ったのは、おぬしだな」

権兵衛は答えなかった。

「連中はほとんどが上州から来た連中で、少しずつ江戸に入って、何事か仕掛けるつもりだった。その足がかりとして、本所の道場を狙ったのだが、俺たちが叩き潰した。あれで終わりだと思っていたが、おまえさんが声をかけて、敏丸の一件に巻きこんだというわけだ」

剣次郎は、寮のごろつきから話を聞いて、事の真相にたどり着いていた。彼らはなかなか口を割らなかったが、剣次郎の眼や新九郎の口車に対抗することはできなかった。

「どうなんだ、権兵衛」

相模屋の主人は、口を閉ざしたままだった。それは、十分に予想できたことなので、剣次郎は先を続けた。

「ついでなので、調べさせてもらった。おまえさん、本所の武家に金を貸しているな。かなりの数だ。それそのものは悪くねえが、返せないと、その弱味につけこんで、意のままに操るというのは見逃せねえな。とくに、武家同士で争わせるように仕向けるのはな」

本所の旗本は小身で、金に困っている者が多い。それを狙って、権兵衛は金を貸し、返せなくなるとその武家を煽って、本所で争い事を起こすように仕向けていた。

ささいな嫌がらせからはじまって、罵《ののし》りあいに中間《ちゅうげん》いじめ、さらには討ち入りに近い大喧嘩まであった。

最近、本所では争いが多くて困っていたが、そのきっかけは権兵衛にあった。

調べがついても、剣次郎には信じられなかった。町人にはあれほど優しい男が、なぜ、武家に対しては厳しくあたり、しかも内部で争うように仕向けるのか。

「なにか裏があると見たが、どうなんだ」

剣次郎は正面から権兵衛を見据えた。

「もう少し調べれば、なぜ、おまえさんが悪さをしたのかわかる。だが、できることならば、おまえさんから話してほしい」

「手間をかけたくないからですか」

ようやく権兵衛が顔をあげた。その表情は硬い。

「それもある。だが、それよりは直に話を聞いて、真相にたどり着きたいという思いが強いな」

「私が嘘をついたら、どうするつもりで」

「俺には通じねえよ」

「さすがは、本所の眼。見事ですな」

権兵衛は、そこで口元をゆがめた。

「もしや、この間、会ったときに……」

「ああ、なにか裏があることがわかった。顔がいつもと違ったからな」

敏丸を探すため、新九郎との合流を目論んだ際、剣次郎は権兵衛と話をした。その顔には笑みがあったが、ほんの少しだけねじれた目尻と口元には、侮蔑《ぶべつ》の感情があった。それは、同心に向ける感情としてはふさわしくなかった。

剣次郎が忙しいとわかっていたのに、声をかけてきたのも気になった。普段の彼は、そのようなことはしない。

なにかが裏で起きており、それに気づかない剣次郎らを思わず笑った。それに気づいたとき、権兵衛に疑いの念を持つようになっていた。

「そのように言われてしまえば、つまらぬ話を並べても致し方ありますまい。いかにも今回の件、私が仕掛けました」

権兵衛は淡々と語った。表情にも大きな変化はない。

「あの敏丸という子を狙ったのは、武家の子であることがわかっていたからです。

なんらかの理由《わけ》があって駿河屋にあずけられていたわけですから、さらって親元を脅せばおもしろいことになると思いました。まさか将軍家がかかわっているとは思いませんでしたので、正直、肝を冷やしました」

「武家に対する嫌がらせか。どうして、そのようなことをする」

「決まっています。彼らが大嫌いだからですよ」

権兵衛の声に熱がこもった。視線も鋭さを増す。

「じつは、私は武家の子でして、幼いころ、養子に出されたのですよ。金目あてでね。真相を知ったのは、親が死ぬ寸前でした。驚きましたよ。まさか、武家と血のつながりがあるなんて思いませんでした。でも、喜ぶ気にはなれませんでしたよ」

「なぜだ」

「腐っているからです。侍という生き物は、金を借りるときは頭をさげるくせに、喉元を過ぎるとたちまち威張り散らします。商人を罵倒することもあたりまえ。金の取り立てに行ったとき、何度、罵られたか。だったら借りなければいいのに、そうはしないのです。面子だけが先走っていて、中味がちっとも伴っていません。そんな馬鹿を敬《うやま》えと言われても無理でしょう」

「手厳しいな。俺も暮らしは厳しいよ」

「矢野さまは、自分の筋を通しておられますから。金を借りてふんぞり返る輩とは違いますよ。あれは獣です」

権兵衛の顔がゆがんだ。そこにあるのは、純粋な怒りだった。

「だから、金が返せない連中をさんざん煽ったのです。返せないのは、他の奴が役目を手放さないからだ。そんな連中、少し懲らしめてやるとよいのです。お金なら渡しますから。そう言うとあっさり乗って、仲間を罵倒したり、いじめてまわったりしましたよ。なにが武士だ、と思いました」

「嘲《あざわら》笑って、気持ちがよかったか」

「すっきりしましたね。もっとも、長くは続きませんでしたが」

その後も権兵衛は、武家の争いを引き起こし続けたと語った。

数は思いのほか多く、期間も長かった。激しくなったのは、去年のなかば過ぎだったが、その前から、本所の旗本や御家人が争うように仕向けていた。

ひどい話だと、権兵衛を批難するのはたやすい。

だが、町民に悪さし、容赦なく金をたかる一部の旗本のことを考えれば、権兵衛の気持ちも理解できなくもなかった。

本所に住む町民の意識そのものであるからだ。

「矢野さまが、上州の連中と争っているのは知っていました。叩きのめされて、ちょうど行き場をなくしていたようだったので、私が拾ったのです。今度は彼らを使って、本所の武家を脅してやるつもりでした。いろいろと弱味を握っていましたからね。手はじめにあの子を狙ったのですが、その結果がこれでして。まさか、逆にやられるとは思いませんでした」

権兵衛は笑った。自嘲であったが、不思議と嫌味なところはなかった。

「聡《さと》いですね。あの子は」

「俺もそう思う。並ではないな」

「さすがは、将軍家に連《つら》なる者。身のほどをわきまえなかった私が愚かでした」

権兵衛は頭をさげた。

「いかようにでもなさってください。罪は償《つぐな》います」

「なんのことかな。俺にはよくわからねえな」

剣次郎は間を置いてから、権兵衛に語りかけた。

「罪って言うが、おまえさんがなにをした。敏丸殿、いや敏丸はもう帰ってきているし、駿河屋もこの件についてはなにも言わないと約束しているよ」

「…………」

「金も返してもらった。そもそも、敏丸は町民だ。将軍家と血がつながっているなんて、誰も言っちゃいねえし、これからも言わねえよ。なにもないんだよ、そこには」

「ですが、私はお武家さまに……」

「それも知らねえよ。煽ったのはおまえかもしれねえが、手を出したのはあいつらだろう。嫌だったら突っぱねればよかったんだよ。武家が争ったからって、町方がなにかできるか。できねえよ。だったら、放っておくしかなかろう」

剣次郎は笑った。

「まあ、おまえさんのやったことはよくはねえよ」

「さようで」

「だが、わざわざ表沙汰にして罪を問うようなことでもねえさ。おまえさんが罪を犯したことを心に刻んで、同じことを繰り返さなければ、それでいいんだよ」

権兵衛は、しばらく剣次郎を見ていたが、やがてゆっくり頭をさげた。その肩が、わずかに震える。

剣次郎は、そこでわざと声の調子をあげた。

「ただ、せっかくだからひとつ、こちらの言うことを聞いてくれると助かるな」

権兵衛が顔をあげたのを確かめてから、剣次郎は話を続けた。

十

「それで、相模屋はいいと言ったんですか」

新九郎は土手に腰をおろすと、立ったままの剣次郎を見あげた。

「敏丸を船に乗せて、蝦夷や奥州へ連れていっても」

「ああ。もう少し年を経てからになるがな。あの子が望むのであれば、廻船問屋として力を貸そうと言ったよ」

あの日、剣次郎は権兵衛に、敏丸を船に乗せ、新しい世界を見せてやってくれと頼んだ。

敏丸は視野が広く、好奇心が旺盛だ。みずから船に乗りたいとも語っており、事情さえ許せば、江戸を飛びだして遠国に出向けばよいと考えていた。

廻船問屋という仕事はそれにうってつけであり、奥州や蝦夷に伝手《つて》のある相模屋ならば、間違いなく広い世界に導いてくれるはずだった。

「その話をしたら、敏丸も喜んで、さっそく会いにいったよ。相模屋は面食らったようだがな」

「そりゃそうでしょう。拐かしの黒幕に会いにくるとは思いますまい」

「だが、話をしているうちに、おもしろいと思ったらしい。今度は船を見せると約束したようだ」

「うまくいくといいですね。ああいう子には、どんどん広い世界に飛びだしていってほしい」

かすみは、新九郎の隣に腰をおろした。その視線は、初夏の空に向いている。

四月に入って、本所には、ひと足早く夏が訪れたような日が続いていた。

空は青く、日射しは力強い。

土手の草も穏やかに伸びて、濃厚な香りを放っている。風が心地よいのは、大川の涼しさを運んでくれているせいか。

敏丸の事件はようやく解決をみた。

彼らが叩きのめした悪党は、上州でさんざんに罪を重ねていたこともあり、余罪を問われて、厳しく罰せられることになった。もう江戸に姿を見せることはないだろう。

相模屋は内々にお叱りを受けたものの、それ以上の罰は受けることなく、変わらず商いを続けている。炊きだしや長屋の斡旋《あっせん》も以前と同じだ。

敏丸は、家慶と将来について語りあったようだ。町民であることに変わりはなく、家慶も援助をするつもりはないが、縁を切ることはなく、書状のやりとりで近況を知らせると決めたらしい。

「それでいいんですかね。親父なんて面倒なものですよ。頭をおさえつけられて大変かもしれませんぜ」

「なんだ、おまえ。父親にかまってもらえなくて、ひがんでいるのか」

剣次郎が冷やかすと、新九郎は笑った。

「うちの親父は、本所の親父ですよ。城にいる奴のことなんて知りません」

清々《すがすが》しい表情だった。無理をしていないことが剣次郎にはわかる。

「敏丸がいいと言うなら、それでいいんですがね」

「そういや、あんた。いよいよ顔役を継ぐんだってね。来月、襲名なんだろう」

かすみが声をかけると、新九郎は顔をゆがめた。

「一昨日、決まったばっかりなのに、よく知っているね。さすがは地獄耳」

「ちよさんから直に聞いたよ。楽しみだってさ」

「あの人、わざとしゃべっているな。まったく……迷惑なこと、このうえない」

そう言いながらも、新九郎の声は弾んでいた。

いよいよ彼も血の呪縛を振り払って、先に進むことを決めたのか。長年の迷いが消えていることに、剣次郎は感動すら覚えた。

「おまえは、どうするんだよ、かすみ。番頭になるっていう話があるんだろう」

「あれは断ったよ。まだ早いからね」

かすみは立ちあがって、大きく腕を上に伸ばした。

「でも、商いはやっていくよ。深川だけでなく、上野や浅草にも出ていきたい。この前、浅草の小間物問屋から、古着の話をされてね。今度、売りこみに行くつもり」

「達者なことだ。男はどうするのさ」

「わからないから、流れにまかせる。うまくいきそうになったら、そっちへ流れればいいし、そうでなかったら、無理はしない。やりたいようにやる。それだけだよ」

かすみも呪縛を断ち切っていた。未来に顔を向けているのが、はっきりとわかる。

髪を高く結い、派手な韓紅の着物を着ているのが、その証しか。

初夏の日射しを浴びながら、背筋を伸ばして空を見あげる姿には、自然と目を惹《ひ》きつけられる。みずからが輝いているようにすら思えた。

「旦那はどうするんですか。しばらくは本所廻りですか」

「さて、どうなるか。役目が変わっても、すぐに隠居だしな。たいしたことはできないと思っていたんだがな」

「なにかあるんですか」

「家慶さまから声をかけられてな。家督を譲ったら自分に仕えて、諸国をまわってみないかと言われた」

「へえ、それはすごい」

「でも、旦那には向いているかもしれませんよ」

おおげさに驚く新九郎に対して、かすみは落ち着いて応じた。

「旦那には、その眼があるんだから、その手の役目はうってつけでしょう」

「家慶さまにもそう言われたよ」

これから、天下は大きく揺れる。外国とは、これまでとは異なる付き合いをしなければならないし、農民や町民とのかかわりも大きく変わるだろう。

新しい世界に挑むには、諸国をまわって、その世情にくわしい人間が必要だ。

「おぬしこそ、それにふさわしい。手を貸してくれぬか」

家慶に言われて、剣次郎は心が動いた。

諸国を旅して、動向を見てまわる……それはそれで、おもしろいことなのではないか。

「どういう立場でまわることになるのかはわからねえ。だが、家慶さまがそのつもりだったら、やってみたいと思っているよ」

「へえ、案外、伝説の隠密になるかもしれないねえ。おもしろそうだ」

新九郎は立ちあがって、大川に向けて歩きだした。かすみも、剣次郎もそれに続く。

川の畔まで来たところで、三人は流星剣を取りだした。

それは、自分の出自を示すのと同時に、自分を縛りつける呪いの道具でもあった。

もう、こんなものはいらない。自分は自分だ。

三人は同時に、流星剣を放り投げる。

三本の剣は鞘に入ったまま、放物線を描き、水音を立てて大川に消えた。

頭上から、初夏の力強い日射しが降りそそぐ。
穏やかな笑みを浮かべながら、三人は陽光が作った明るい道を歩いていく。
その足取りは力強かった。

コスミック・時代文庫

同心若《どうしんわか》さま 流星剣《りゅうせいけん》

三

無敵の本所三人衆

2023年9月25日　初版発行

【著 者】
中岡潤一郎《なかおかじゅんいちろう》

【発行者】
佐藤広野

【発 行】
株式会社コスミック出版
〒154-0002 東京都世田谷区下馬 6-15-4
代表　TEL.03(5432)7081
営業　TEL.03(5432)7084
　　　FAX.03(5432)7088
編集　TEL.03(5432)7086
　　　FAX.03(5432)7090

【ホームページ】
https://www.cosmicpub.com/

【振替口座】
00110-8-611382

【印刷／製本】
中央精版印刷株式会社

乱丁・落丁本は、小社へ直接お送り下さい。郵送料小社負担にて
お取り替え致します。定価はカバーに表示してあります。

ISBN978-4-7747-6500-6 C0193